조각조각이 모여 내가 된다

# 조각조각이 모여 내가 된다

© 한차연, 2026

| | |
|---|---|
| 초판 인쇄 | 2026년 2월 27일 |
| 초판 발행 | 2026년 3월 15일 |

| | |
|---|---|
| 지은이 | 한차연 |
| 펴낸이 | 최아영 |

| | |
|---|---|
| 편집 | 최아영 |
| 마케팅 | 이 책을 아끼는 당신 |
| 디자인 | House of Tale |
| 인쇄 | 제이오 |

| | |
|---|---|
| 펴낸곳 | 느린서재 |
| 출판등록 | 2021-000049호 |
| 전화 | 031-468-8390 |
| 팩스 | 031-696-6081 |
| 전자우편 | calmdown.library@gmail.com |
| 인스타 | @calmdown_library |
| 뉴스레터 | calmdownlibrary.stibee.com |
| 블로그 | blog.naver.com/calmdown_library |
| ISBN | 979-11-93749-42-5  03810 |

# 조각조각이 모여
# 내가 된다

한차연 드로잉 에세이

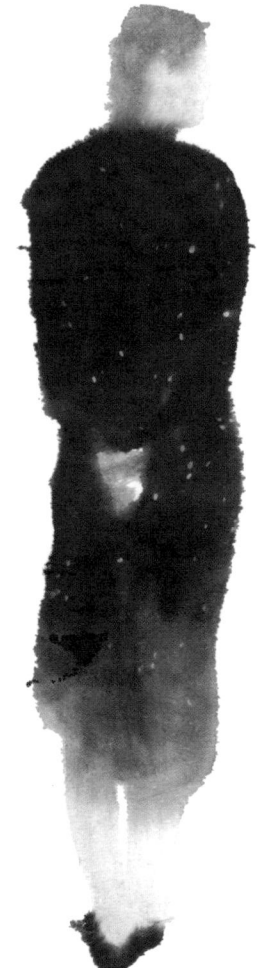

느린
서재

목차

프롤로그

## 조각난 시간들이 모여

제주에서 데려온 월양이는 어느새 열 살이 되었다. 병아리 솜털 같던 작은 고양이는 물풍선처럼 둥글고 묵직해졌다. 시간이 흐를수록 고양이의 눈빛은 더욱 그윽해지고, 사랑스러워진다.

많은 시간이 흘렀다. 엄마가 떠나시고, 초록 잔디 위에 빨간 지붕을 올린 엄마의 작은 집도 이제는 자취 없이 사라졌다. 남아있던 낡은 병원 가방과 옷가지들을 정리하며, 오랫동안 붙들고 있던 마음을 떠나보내야 했다. 이제 엄마가 물려준 낡은 원피스와, 내가 선물했던 알이 큰 비취반지 하나만 남아 있다.

꽤 오래 그림을 그려 왔다. 대학 시절부터 일러스트레이터로 활동하며 많은 책에 그림을 실었지만, 이렇게 내 이야기를 글로 쓰고 그림과 함께 묶어내는 일은 처음이다. 늘 뒷전으로 미뤄 두었던 마음의 이야기들. 지극히 사적인 듯해 낯부끄럽고 조심스럽지만, 그림에 담긴 감정의 뿌리를 되짚다 보니 자연스럽게 이 글들이 흘러나왔다.

상처 위로 올라온 딱지가 떨어지고 연한 새살이 돋듯, 글을 쓰는 일도 나의 연약한 부분을 드러내는 일이다. 한순간 내가 아닌 다른 사람이 되기를, 힘든 기억이 백지처럼 지워지기를 바라기도 했다. 그러나 지금은 그저 지난한 시간을 견디어 내 다행이라고 여긴다. 이별, 슬픔, 상실을 겪으며 남겨진 것은 글과 그림뿐 아니라 지금의 나 자신이기도 하다.

여전히 부족하고 서툴지만, 긴 시간을 통과하고 나서야 스스로를 부끄러워하는 마음도 애정 어린 시선으로 바라볼 수 있게 되었다. 그러니 글을 유려하게 쓰지 못하더라도, 최소한 그림을 그릴 때의 마음가짐처럼 솔직해지려고 했다.

이 책은 그런 마음에서 출발했다. 쓰지도, 버리지도 못한 감정들을 조심스레, 하나하나 꺼내어 담는다. 책을 마무리하는 지금, 마치 오래 살던 집에서 이삿짐을 싸는 기분이다. 막막하면서도 설레는 마음으로 다음의 시간을 준비한다. 슬픔을 견뎌내기 위해 그렸던 그림이, 이제는 살아가는 방식이 되기를 바란다.

홀로 그늘에 있는 누군가에게 이 책이 조용히 말을 건네기를.
조각난 시간이 모여, 다시 당신이 되기를 바라며.

1부/

내가 알지 못하는 세계

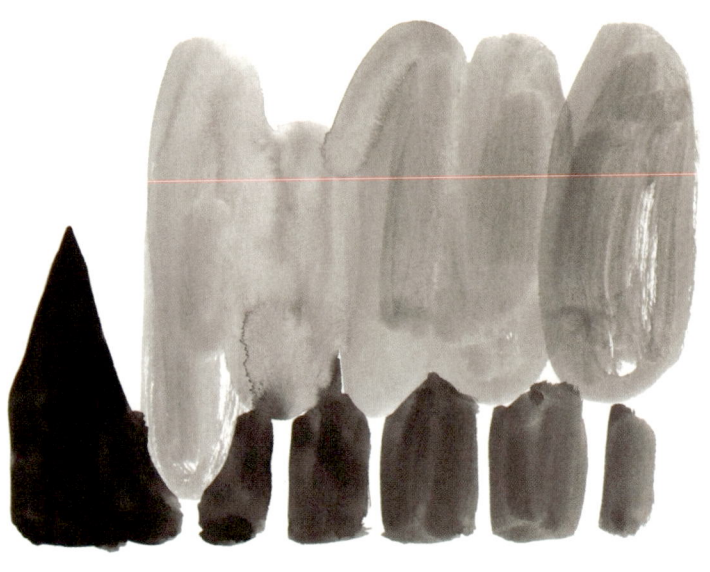

밤의
골목


　　내 속에는 대문을 젖히고 뛰쳐나와 아무도 없는 어두운 골목
계단 참에 몸을 숨긴 어느 밤이 있다. 눈에 띌세라 작은 몸을 더욱 깊숙
이 웅크리면서도, 누군가가 나를 찾아와 등을 쓸어주며 억울한 소리에
귀 기울여 주기를 바랐다. 무엇 때문이었는지 기억나지 않지만, 한없이
어두운 세상에 혼자인 감각만이 또렷하다. 그렇게 한참을, 시간이 흐르
지 않는 듯한 막막함 속에 머물다 이내 풀이 죽어 나를 찾지 않는 집으
로 향했다. 숨죽인 채 이불 속으로 숨어들며 혼자가 된 밤의 기억. 나는
그렇게 잘 웃지 않는 아이가 되었다.
어두운 밤이 내 안에 꽉 들어차서, 기쁘고 즐거운 게 뭔지도 모르고 지났

다. 깜깜한 진공 속에 오도카니 홀로 선 아이. 지금 그 어두운 골목에 관해 쓰는데도 기분이 가라앉는다. 어른이 되어도 뿌리내린 어둠은 저절로 사라지지 않는다. 홀로 된 기분에 맞닥뜨리면 순식간에 나는 그 밤의 아이가 되어버린다.

가족 안에서 친밀한 경험이 턱없이 부족했던 내게 타인은 먼 곳의 존재처럼 느껴졌다. 내가 선 곳에서 안간힘을 내어 소리쳐야만 겨우 닿을 수 있는 사람들. 나는 빨리 늙고 싶었다. 이곳이 아닌 다른 곳에 도달하고 싶었다. 그런 시간을 어떻게 견디어 냈을까. 아무것도 없다고 생각했을 때도 내게 좋아하는 것이 있었다. 그럴 수 있어 살았다. 하나의 세계만 존재했다면 살 수 없었을 것이다.

이제는 안다. 마음이 언제고 그 골목에 가 있는데도 시간은 흐른다는 것을, 괜찮아진다는 것을. 그런 믿음은 내가 쌓아 온 작은 즐거움들로 이루어져 있다.

소파에 몸을 기대어 어스름이 밝아오는 아침을 마주하는 일, 비 온 뒤 숲길을 걸을 때 몸을 감싸는 녹음의 기운, 아끼는 사람들과의 평온한 시간, 걸을 때면 살랑 흔들리며 살갗을 간지럽히는 치맛단, 흐린 날의 빌에반스, 취기에 오른 친구와 맥주 한 잔만 더 하자며 서로의 소매를 끄는 여름밤, 익숙한 카페에 앉아 멍하니 흘러가는 시간을 바라보는 사소한 하루, 궁둥이를 꼭 붙이고 누운 고양이의 보드라움, 산책하는 강아지의 웃는 얼굴, 세상을 덮은 하얀 눈을 밟는 첫걸음, 무엇보다 그림을 그릴 때 찾아오는 충만함. 단정히 깎은 연필로 하얀 종이에 선 그을 때의 사각거림, 종이 위로 번지는 먹을 바라보는 시간. 좋은 것을 위해 남겨두는 마음의 공간 같은 것들.

시간을 들여서 알게 된 것 중 하나는, 산다는 건 사소하고 좋은 순간들을 쌓아가는 일이라는 것이다. 그러니 어린 마음에 온통 들어차 있던 단 하나의 세계, 밤의 골목은 이제 많은 이야기 중 하나가 되었다.

# 마음의
# 그릇

나는 잘 참는 아이였다. 어른들은 그것이 나의 태생적인 특징이라도 되는 듯 여겼다. 어릴 적 가족들 사이에서 나는 "차연"이 아닌, "유단"으로 불렸다. 잘 참는 유단이. 착한 유단이.

한 살 터울의 오빠는 걷다가도 금세 얼굴을 찌푸리고 칭얼대 늘 엄마 품을 차지했지만, 유단이는 씩씩하게 걸었다. 유단이는 물국수를 좋아했지만, 오빠가 비빔국수를 좋아해서 우리 집은 꼭 비빔국수를 끓였다. 그래도 맛있게 잘 먹었다. 할머니는 오빠 생일 아침이면 쌀 한 가마니를 가지고 방앗간에 가서 오빠가 좋아하는 가래떡을 뽑아왔다. 그 옆에 쪼그리고 앉아 하얀 가래떡이 줄줄이 나오는 걸 꼬박 기다리던 유단이는 시샘도 하지 않았다. 할머니는 내 생일에 내가 잘 먹는다며 상추 한 봉지를 사 오셨다. 작은 손으로 상추쌈을 싸서 볼이 미어터지게 먹으며 내가 상추를 좋아하나 보다 생각했다. 할머니는 내게 애정을 나누면 오빠에게 가는 사랑이 줄어드는 듯이 나를 미워했다. 사촌 언니들과 오빠에게는 하회탈처럼 주름지게 웃던 자상한 할머니가 태연한 얼굴로 "내가 죽으면 유단이가 좋아할 거다"라는 말을 스스럼없이 할 때, 발가락 끝에 쥐가 나듯이 마음이 저릿했다. 어른이 어린아이를 미워할 수 있다는 걸 이해할 수 없으니까, 할머니가 나를 미워했다는 사실로 모든 부당함이 설명되는데도 오래도록 그걸 받아들이기 어려웠다.

기질이 예민해서 오히려 참을성이 부족한 사람인 걸, 어른이 되어서야 알았다. 유단이는 순하고 또래에 비해 늦되어 당장에 어떤 기분인지 표현할 줄 몰랐던 아이였을 뿐이다. 엄마에게 안긴 오빠를 올려다볼 때나 다음에는 물국수를 끓여주겠지 생각할 때, 할머니가 내가 안고 자던 침팬지 인형을 버렸을 때, 저릿하던 마음에 조용히 실금이 갔다.

언제나 나만의 방이 가지고 싶었다. 단칸방에 살다가 방이 하나 더 생겼을 때도, 당연히 오빠 차지가 되었다. 성인이 되어 프리랜서로 작업실을 얻어 나가기 전 몇 해는 집에서 일했는데, 그때도 내 방이 없어서 거실이나 안방에 간이 책상을 놓고 일했다. 작은 창마저 장롱에 막혀 낮에도 어두운 방에 앉아 종일 그림을 그렸다.

기억나기 시작할 때부터 오빠와 나는 그림에 소질이 있었다. 그러나 오빠만 방이 있었고, 오빠만 미술 학원에 다녔고, 오빠만 미술 고등학교에 들어갔다. 초등학교 방학 숙제를 그리다가 망친 그림을 내가 덧칠해 주어 오빠가 상을 받기도 했다. 내가 오빠보다 그림을 잘 그린다는 생각은 그림들을 모아두던 작은 상자 안에 함께 간직해야 했다. 우리 집 식구들은 모두 손재주가 좋았기에 내가 그리기를 좋아하고 곧잘 그리는 것이 대수롭지 않게 여겨졌다. 말하고 걷는 일처럼 당연한 일 같았다. 마음속에서 맴도는 말과 바람을 꺼내 보이면, 내 안에서 반짝이던 것이 제빛을 잃고 지푸라기같이 볼품없는 것이 되어버렸다. 발화와 동시에 흩어지는 공허함.

그런 탓에 나는 원하는 것을 요구할 줄도, 스스로에게 좋은 것을 주는 법도 몰랐다. 예쁜 것, 귀한 것이 생기면 내 것이 아닌 것 같아 누군가에게 선물하거나 쓰임 없이 보관만 하다 못 쓰게 되기 일쑤였다. 상점에

서 물건을 고를 때도 가장 가지고 싶은 것은 제쳐두고 오래 사용할 수
있는 것, 가격이 적당한 것을 골랐다. 그런 게 당연한 줄 알다가
가장 비싸고 좋은 것을 짚는 친구를 보며 속으로 놀란 적도
있었다.

여전히 선택 앞에 서면 머뭇거리지만, 이왕이면 나에게
좋은 걸 해주려고 애쓴다. 혼자여도 정갈한 음식을 먹
고, 감촉이 좋은 잠옷을 입는다. 시간은 견디는 것이
아님을 되새긴다. 내 생일이 돌아오면 기꺼이 진심
어린 축하를 받는다.

마음에도 그릇이 있다면, 실금 난 그릇을 깨끗
하게 닦아 좋은 것을 값지게 쓸 때의 즐거움을
담고 싶다. 차곡히 쌓아서 다른 사람에게도
전하고 싶다.

나의 그림이 지닌 쓸쓸함과 따뜻함은 그
런 그릇의 모양을 닮았을 것 같다.

지금 여기에 있는 것은 항구에 머물러 있다.

# 나는 왜
# 그림을 그릴까

책상 앞에 앉아 내려놓은 커피잔을 하릴없이 만지작거린다. 선뜻 그림에 들어가지 못한다. 종종 그리는 게 괴로울 때가 있다. 깊은 물속에 빠져 허우적대는 듯한 기분에 휩싸인다. 속수무책이다. 좋아서 하는 일인데 왜? 나는 내가 왜 그림을 그리는지 떠올리려고 이 글을 쓴다. 우리 집은 나를 대학에 보내줄 형편이 못 되었다. 그럼에도 나는 등록금만 주면 어떻게든 학교에 다녀보겠다며 무턱대고 입시 준비를 했다. 연락이 뜸했던 미국에 계신 외삼촌의 도움으로 겨우 학교를 등록했다. 그러니 대학 생활 내내 쪼들릴 수밖에 없었다. 장학금을 받으려고 애썼다. 닥치는 대로 그림으로 할 수 있는 아르바이트를 했다.

행사장 구석에서 사람들의 캐리커처 그리는 일을 할 때, 길게 줄지어 선 사람들을 빨리 그려야 해서 얼굴을 단순하게 그렸다. 오래 기다리느라 인상을 잔뜩 찌푸린 한 아저씨를 그릴 때, 입 옆에 세로선을 하나 그렸더니 자기가 그렇게 늙어 보이냐며 화를 냈다. 얼굴이 닮지 않아도 되니 무조건 예쁘고 멋있게 그리라는 충고를 담당자에게 들었다. 움직이는 도트 이미지를 만들고, 웹페이지를 그리고, 어린이책에 들어가는 공룡을 그리고, 한여름 외벽에 서서 벽화를 그리느라 피부가 비늘처럼 벗겨졌다. 알록달록한 이미지와 행사 포스터, 수많은 공모전과 환희에 찬 캐릭터를 그리느라 그늘진 얼굴로 노동착취에 가까운 아르바이트를 했다. 그렇게 일하느라 대학을 6년 만에 졸업했다. 나는 다른 재주도, 주변머리도 없는 내가 돈을 벌 수 있어 다행이라고 생각했다. 돌아보면 일만 했던 스무 살의 여자아이가 가엽다. 당시엔 하고 싶은 것도, 간직할 추억도 없이 다만 쉬고만 싶었다.

삼십 대 중반에 제주도로 1년 살이를 떠났다. 그전부터 계획한 일이었지만 속내는 모든 것으로부터 벗어나고 싶었다. 쫓기듯 살다 보니 이른 번아웃이 찾아왔는데, 스스로 만든 굴레에서 도저히 벗어날 자신이 없었다.

제주에 가서 몇 달을 잠만 잤다. 낮에는 꾸벅꾸벅 졸다가 시골 마을의 캄캄한 밤에는 더욱 깊은 잠에 빠졌다. 머리를 비우고 아무것도 하지 않았다. 늘 빈손이었다. 무용한 시간을 흘려보내니 풍경이 느리게 들어왔다. 해 지는 서쪽 바닷가의 한가한 낮은 지붕들과 열두 달 푸른 곶자왈, 작은 창으로 들어오는 별빛이 눈에 비쳐 다시 그림을 그릴 수 있었다. 몇 달 만에 펜을 들고 서서 풍경을 그리기 시작했다. 오랜 시간 수단으로 존재했던 그림 대신 목적 없이 그린 그림들이 제주도 시골집에 쌓여갔다. 누군가를 위한 그림이 아니라 '그리고 싶다'라는 순전한 마음에서 그려지던 가볍고 못생긴 그림들. 쌓여가는 그림과 잠으로 하루가 헐렁해지고 조금씩 기운을 차려갔다.

서울에 돌아온 뒤에도 그림을 그렸다. 즐거움과 괴로움이 교차했지만, 마음은 여전히 들떠 있었다. 그러나 엄마의 암이 재발하면서 내 시간은 멈춰 버렸다. 내가 보호자를 자처하면서 어느 것도 멀쩡한 정신으로 할 수 없어서 그림에서 손을 놓고, 누구도 만나지 않고 엄마와 병원을 오가며 1년 넘게 보냈다. 엄마의 짐을 우리 집으로 옮기고, 언제든 응급실에 갈 수 있게 여행 가방에 필요한 것들을 잔뜩 챙겼다. 늦은 밤 체온이

올라 여러 번 응급실에 달려가다 보니 실은 필요한 것이 별로 없다는
걸 알게 되었다.

좁은 침대에 누운 엄마 옆에 쪼그리고 앉아 밤을 지새우며 세상에 엄마
와 단 둘뿐인 것 같았다. 그러는 사이 나의 우울증은 헤아릴 수 없이 깊
어져 갔다. 가만히 있어도 얼어붙은 얼굴에 주룩 눈물이 흘렀다. 벗어
나려면 뭐든지 해야 하는데 뭘 해야 할지 몰라서 오래 망설이다 처음으
로 유화 물감으로 그림을 그렸다. 그리고 싶은 게 없어서 키우던 강아
지를 사진처럼 따라 그렸다. 처음 그림을 그리는 것처럼 긴장하고 그렸
던 그림이 지금도 방 가운데 놓여 있다. 그렇게 캔버스에 유화로 그림
을 그리기 시작했다.

엄마에 대한 형언하기 어려운 감정들을 또렷하지 않은 형상으로 그렸
다. 선과 면으로만 이루어진 드로잉만으로 부족했기에 색과 질감이 있
는 유화를 선택했다. 마른 나뭇가지와 엄마의 손, 주인 없이 헝크러진
엄마의 화분과 침대에 기댄 엄마의 얼굴, 엄마집에 넓게 뿌리 내린 잡
초와 병원의 어둠 같은 걸 그렸다. 막막한 시간을, 생명을 다한 식물들
의 형상으로 도자기에 새겨 넣었다. 한겨울의 말라가는 식물들과 아픈

엄마를 그리는 일로 내가 나아졌다고 할 수 없지만 말로 꺼내기 힘든 감정들을 그림으로 내보일 수 있어 견딜 수 있었다.

자신의 이야기를 말로 풀어내는 사람도 글로 풀어내는 사람도 있지만, 나는 말수가 적은 사람이어서 그림을 그리나 보다. 그림으로 내가 느낀 것을 완곡히, 둥글게 전달한다. 어쩌면 닿지 못하는 말일 테지만 그런 것이 또 나의 말과 닮았다.

나를 통과한 순간들과 선명하지 않은 감정을 내 안에 쌓아두지 않고 그려내야만 좀 더 잘 살아갈 수 있는 것 같다. 잘 사는 게 뭘까. 삶의 굽이로 단단해지기도 했으니, 잘 산다는 건 환하고 반짝이는 순간들로만 가득 차는 건 아닐 것이다.

하루 중 많은 시간을 그리는 데 쓰지만 기쁘기보다는 침잠되어서 혼자다. 그게 싫으면서도 안으로 안으로 들어가야 한다고 느낀다. 깊은 곳, 나의 말을 고르는 시간들. 좋아하는 일이 곧 쉬운 일일 필요는 없으니 책상 앞의 방황도 조금 다정히 바라봐야겠다.

# 언덕 위
# 하얀 타일 집

어릴 때 외양간에서 소, 돼지를 키우던 외갓집이 있는 수색이 첩첩이 시골인 줄 알았다. 개구리 잡고 논밭을 뛰어다니던 그곳에서 살다가 서빙고로 이사를 하면서 서울로 간다고 좋아했더랬다.

아빠는 야트막한 언덕 위에 3층짜리 다세대 주택을 그때그때 인부를 써서 직접 지었다. 엄마는 "내가 시멘트랑 벽돌 날라 지은 집"이라고 회상하곤 했다. 비로소 완성된 집은 매끈한 하얀 타일 3층 집으로 겉보기에 꽤나 근사해 보였지만, 살수록 문제가 많은 골치투성이 집이었다. 아무튼, 동네에서 언덕 위 하얀 타일 3층 집이라고 하면 다 알아들었다. 하지만 빚내어 지은 집이라 번듯한 아래층은 세를 주고 우리 식구는 한

층 한층 위로 올라가야 했다.

초등학교에 다니는 동안 꼭대기 옥상 집에 살았다. 서울에 멀쩡한 우리 집이 생겼는데 우리 식구는 더 가난해진 것 같았다. 아빠는 옥상에 방을 두 칸 만들고 끊임없는 집수리에 필요한 창고를 만들었다. 마당이라고 부를 만한 옥상 공터에는 오빠가 초등학교 앞에서 자꾸 사 와서 묻어 줘야 했던 병아리 중, 살아남아 중닭이 된 닭도 키웠다. 나중에는 창고 자리에 사각으로 벽을 세워 시멘트를 바르고 파란색 방수 비닐을 깔아 작은 수영장을 만들었다. 여름 한때 잠깐이었지만 그 파란 비닐 수영장이 가끔 떠오른다. 옥상 집은 여름에 타는 듯이 더웠고 빼꼼 내다보는 반포대교에는 차가 쌩쌩 다녔다. 도심의 풍경을 배경 삼아 물장구를 치며 노니 어쩐지 배로 신났다. 지금 보면 허름하고 우스꽝스러운 광경이었을 거다. 그러나 어릴 땐 신나면 뭐든 그만이라 한 살씩 터울 진 오빠와 사촌 언니와 나는 지치지도 않고 물놀이했다. 왁자지껄 놀다가 해가 지면 열이 식은 옥상 집 지붕에 올라가 별을 보고 누워 여름을 지냈다. 손재주가 많던 아빠는 베란다로 난 통창에 색색들이 셀로판지로 오리, 비둘기, 거북이 같은 모양을 밑그림도 없이 오려 넣었다. 러닝 바람으로 창문에 매달려 오빠와 내가 소리치는 대로 커터 칼로 뚝딱 동물 모양을 만들어 냈다. 알록달록한 빛이 우리를 비추는 것이 마술 같았다.

바람과는 달리 그 집에서 살던 동안 좋았던 일보다 힘들고 지워내고 싶은 기억이 더 많았다. 하루아침에 집이 경매에 넘어가서 같은 동네의 작은 집으로 이사를 가야 했다. 학교 가는 길목에 그 집을 올려다보며 층층이 누가 살까, 유리창에 새겨진 동물들은 그대로일까 궁금했다. 어느 날은 그 집이 보기 싫어 멀리 돌아 학교에 갔다. 다른 동네로 이사해서도 그 집은 언덕 위 그대로 점점 더 낡고 작아졌다.

아빠는 어린 나를 자주 난처하게 했다. 통신문에 부모님의 직업을 적는 난에 뭐라 쓸지 몰라 회사원이라고 적으면 선생님이 "어느 회사냐"라고 물었다. 사업도, 자영업도 모두 마땅치 않았다. 아빠는 전화를 받지 않으면서 며칠씩 집에 있거나 몇 달씩 집에 오지 않았다. 하는 사업이라는 것이 자꾸 바뀌어서 어느 날은 창고에 도자기가 그득하고, 어느 날은 우리 식구는 가져보지 못한 일제 가전제품이 쌓여, 무슨 일을 하는지 짐작할 수도, 알려주는 어른도 없었다. 사람들이 아빠를 사장님, 사장님하고 불렀지만, 우리 집은 갈수록 티브이에 나오는 사장님들이 사는 집과 멀어졌다.

아빠는 하얀 타일을 붙여 겉보기에 멀끔하지만, 툭하면 수도가 터지고, 얼고 비가 새어 바스러져 가는 그 집과 비슷한 세월을 보냈다. 의욕만으로 사업을 벌이다 실패하고 좌절을 거듭하며 점점 무너져갔다. 나는 사람도 낡고 작아진다는 걸 알게 되었다. 아빠는 이상에 닿지 못하면 바닥까지 포기해 버리는 사람이었다. 학교에서 집에 돌아오면 언제나 안방구석에 가구처럼 누워 있던 사람. 아빠는 기능을 잃은 가구처럼 멍한 채로 나의 청소년기를 채우다 이른 나이에 가족 곁을 떠났다.

임종을 앞두고 곁에 앉은 오빠는 아버지를 용서하자고 말했다. 용서할 일이 무얼까 속으로 생각했다. 책임지지 않고 가족을 방치했던 것? 거듭되는 실패에 인생을 허비한 것? 끝내 미안하다고 말하지 않은 것? 고등학생이던 그 시절의 나는 감각이 마비된 듯했다. 슬픈지도 좋은지도 모르고 울지도 웃지도 않는 청소년기를 보냈다. 자꾸만 울어버려서 제발 단단한 사람이 되게 해달라고 기도했더니 엄마처럼 무감각한 사람이 되었다.

대학생 때 친구의 아버지 차를 얻어 타고 가던 중에 친구 아버지가 너

희 아버지는 무슨 일을 하시니 하고 물었을 때, 앞좌석에 앉은 다정한 부녀 사이에 얼굴을 쑥 내밀어 우리 아빠는 돌아가셨어요, 말할 자신이 없어 얼굴만 붉혔다. 멋진 사장님도, 번듯한 회사원도 아닌 일찍 죽지 않는 평범한 아버지가 갖고 싶었다.

나는 신기루만 좇던 아빠처럼 살지 않으려고 도망치듯 살았다. 무엇보다 자신에게 실패하고 무기력했던 아버지에 대한 기억을 닫아둔 채. 애초에 아버지라는 존재가 없었던 듯, 사람들이 아버지에 대해 이야기할 때면 입을 꼭 닫고 낯선 얼굴로 듣고만 있었다. 그랬더니 아버지에 대한 기억이 별로 남지 않게 되었다. 어린 시절 즐거웠던 기억도 함께 지워졌다. 이제는 없는 사람을 입 밖에도 내지 않으니, 아빠의 얼굴은 내 기억 속에서 점점 더 깜깜해져 갔다.

오랜 시간 아빠에 대한 기억을 떠올리지 않았던 것처럼 그 집을 잊고 지냈다. 어느 날 반포대교를 지날 때, 그 집이 을씨년스럽고 초라하게 언덕 위를 지키고 있어 불현듯 놀라곤 했다. 최근 몇 년 전에야 우연히 지나다 그 집도 사라지고 내가 심부름을 오가던 길의 집들도 모두 사라졌다는 걸 알았다.

집도, 깜깜한 얼굴도 사라지고 나니 작은 이야기들이 원래의 자리에서 가만히 떠오른다. 추운 날 아빠가 주머니에서 꺼낸 군밤을 자다 깨서 맛있게 먹던 기억, 무등을 타고 이태원 축제에 가서 코알라 인형을 선물 받아 품에 안고 잠들던 밤, 파란 비닐 수영장과 나를 예쁘다고 해주던 모습이 빛에 비친 셀로판지의 반짝임처럼 문득문득 떠오른다. 무용한 것에서 아름다움을 발견하는 눈, 도자기와 기계식 카메라를 좋아하고 사진집을 사 모으는 건 아빠의 유산이다.

20년이 훌쩍 넘어, 내가 아버지가 돌아가신 나이쯤 되어야 용서라는 걸 할 수 있을 것 같다.

## 4월의
## 푸른 밤

　　집 앞의 겨울 산을 걷다 마른 나뭇가지와 색 바랜 열매 따위의 생명을 다해 볼품 없어진 것들을 손에 쥐고 집으로 돌아온다. 이제는 말이 없는, 바스러지기 쉬운 것을 조심히 꺼내어 가만 바라보다 푸른색의 물감으로 형태를 그려낸다. 얼핏 비슷해 보여도 눈으로, 손으로 따라가다 보면 하나하나 고유한 형태를 띠고 있다. 그것은 한 시절 쌓아 올린 시간의 모양일 것이다. 파란색 물감은 하얀 종이 위에서 물길을 따라 맑은 물빛이었다가 어둠같이 검푸른색으로 번져나간다. 물감이 굳어 완성된 색은 저물어가는 하루의 찰나 같기도 하다.

4년간 엄마의 말기 암 투병을 곁에서 도우며 나도 같이 빛을 잃어갔다.

그러고 있을 수만은 없어서 오래 놓았던 그림을 그리기 시작했다. 한동안 그림을 그리는 것은 엄마를 이해하기 위한 일이기도 했다.

나의 어린 시절은 크리스마스 전날, 머리맡에 걸어둔 양말 같은 것이었다. 들뜬 마음으로 일어나 아무리 뒤집어 보아도 먼지만 날리던 낡은 양말. 원하는 것을 말하지 않아야 실망도 하지 않는다는 걸 배워갔다. 엄마는 공부 잘하고 야무진 작은고모를 싫어했는데, 나를 보면 작은고모랑 똑같다며 눈을 흘겼다. 나는 엄마처럼 순해서도, 작은 고모처럼 야무져서도 안 되었다. 결혼을 하고 나서야 섭섭했던 묵은 이야기를 꺼내면 엄마는 전혀 기억하지 못하는 얼굴을 하고 나도 그때 힘들었지 않냐며 화를 냈다. 엄마는 닿지 않을 듯 멀게 느껴지는 사람이었다. 말이 없고, 감정을 드러낼 줄 모르고 천진한 말을 내뱉는 사람. 돌보고 아끼는 일이 서툴러 결혼과 어울리지 않는 사람이었다. 실은 나도 엄마를 닮았을까 봐 비혼을 꿈꾸기도 했다.

함께 여행을 가본 적도, 애틋한 기억도 없는 모녀 사이에는 이어갈 이야기가 빈곤했다. 결혼한 뒤에야 그 거리를 좁히고 엄마를 이해하고 싶었다. 과거는 덮어놓고 새로운 이야기를 써 내려가면 그만이라고 생각했다. 무엇보다 내 삶의 공백을 채우고 싶었다. 생일상 위에 차려진 미역국 냄새, 보온 도시락통의 온기, 괜찮다고 토닥여주는 손과 데워진 아랫목 같은 것. 사소하지만 삶을 이루는 것들을 간절히 바랐다.

남편과 제주에 갈 적에 엄마를 오래 졸라서 함께 내려갔다. 엄마와 시간을 같이 보내며 허름한 유년 시절을 보상받는 줄 알았다. 오일장 시장에 가서 호떡을 나누어 먹고, 고등어를 사다가 양은 밥상에 둘러앉아 먹었다. 평생 고된 일만 하던 엄마는 그 시간을 견디기 힘들어했지만, 같이 고사리를 따러 다니고 작은 텃밭을 가꾸며 나날이 밝아졌다. 텃밭에서 키운 무로 엄마의 비법이 담긴 동치미를 담가 먹으며 겨울을 지났다. 지난 허기를 채우려는 듯 난 엄마 밥을 많이 먹고 건강하게 지냈다. 어쩌면 내가 요구할 줄 몰랐던 아이라서 엄마도 내게 해줄 수 있는 게 없었던 게 아닐까 싶었다.

엄마는 한때 연습장에 그림을 그리고 시를 적었는데, 언젠가부터 그런 모습을 볼 수 없었다. 제주에 살면서 마디가 굵은 엄마의 손에 연필을 쥐여주고 같이 그림을 그렸다. 엄마의 굽은 손가락을 떠올린다. 내 손을 만지며 어떻게 이렇게나 손이 말랑거리느냐던 엄마에게 나는 그저 쉬이 일하는 사람이었을까. 엄마는 앞마당의 덩굴과 화분을 그리고, 내가 노트를 끼고 사생하러 곶자왈에 갈 때면 따라와 옆에 쪼그리고 앉아 함께 그림을 그렸다. 그 모습이 좋았다. 어쩌면 아빠와 오빠와 내가 앗아갔을 엄마의 시간을 되돌려주는 일만 같았다. 엄마가 행복하길 바랐다.

제주살이 1년째에 평생 서울 변두리에서만 살았던 엄마가 제주에 정착하기로 했다. 내가 서울로 돌아온 뒤에도 엄마는 제주에 남아 새로운 삶을 꾸려갔다. 그렇게 내가 바라던 모습으로 할머니가 되어갈 줄 알았다. 그러나 평범이란 얼마나 어려운 일인지.

엄마의 암이 재발했다. 20년 전, 엄마의 연락을 받고 어리둥절한 채로 병원에 달려갔다. 무뚝뚝한 엄마가 병상에 누워 울고 있었다. 나는 엄마에게 내 생을 나누어 달라고 어디에 있을지 모를 신에게 기도했다. 그때로부터 20년이 지나, 병원 계단참에 앉아 내게 남은 시간을 엄마에게 나누어 달라고 한 번 더 기도했다. 바람이 이루어졌는지 엄마는 말기 암 선고를 받고도 병원에서 말한 시간보다 오래 견뎌냈다.

어떤 시간은 몸에 새겨져, 부지불식간에 4월의 푸른 밤 속으로 걸어 들어간다. 엄마의 임종을 앞두고 며칠째 지키던 병원의 밤은 비현실적으로 고요하고 캄캄했다. 전등 빛에 반짝반짝 점멸하듯 내리던 4월의 눈은 살갗에 닿으면 흔적 없이 사라졌다. 모든 것이 거짓말 같던, 깔깔한 모래를 씹는 듯했던 시간들.

찰랑찰랑 발목까지 내려오는 짙은 파란색 레이온 원피스는 지금의 나보다 젊었던 시절의 엄마가 입던 옷이다. 버리지도 입지도 못하고 옷장에서 말없이 삭아가는 주인 없는 파란 원피스. 나에게 푸른색은 영영 소유할 수도, 닿을 수도 없는 것에 대한 마음 같은 것이다. 병원 침대에 누워 닿지 않을 것 같던 엄마의 아스라한 창백한 얼굴과 새파랗던 바닷물이 투명하게 손가락 사이로 사라지는 허망함 같은 것. 내가 실은 가져보지도 못한 것을 완전히 잃은 기분이 든다.

엄마의 장례를 치르고 두 달 만에 전시회를 했다. 도통 할 수 없는 일이었는데, 그리지 않으면 견딜 수 없는 시간을 지나며 남겨진 것들이었다. 4월이 되면 봄기운에 들뜬 사람들 틈에서 괜스레 어깨가 움츠러든다. 씩씩한 사람이면 좋았을 텐데. 유약한 나는 가져보지 못한 것들이 하나하나 상처로 남았다. 뒤돌아보면 기다린 듯 서글픈 얼굴을 마주한다.

내 안의 푸른 밤은 옅어지지도 않고 앞으로도 여러 번 맞게 될 4월의 하루. 그럼에도 봄밤을 유영하듯 부드러운 공기는 어깨를 폭 안아주는 것만 같다.

# 내가 알지 못하는
세계

　　　비 오는 평일 낮, 집 근처 초등학교 앞에 있는 카페에 들른다. 창가에 앉아 맞은편을 바라본다. 학교 정문 앞에 우산을 들고 선 어른과 반가이 달려와 우산 속으로 사라지는 아이들. 비바람에 몸을 꼬옥 안아 주는 어른과 아이는 안온한 집으로 돌아가겠지. 음식을 나누어 먹는 오늘도 추억 속에 차곡히 쌓이겠지. 내가 알지 못하는 세계를 그려본다. 쓸쓸한 마음이 들 때면 따끈한 커피와 스콘을 입안에 넣는다. 끝이 없는 어둠 속으로 끌려 들어가기보다 이제 나는 손에 닿는 온기를 오롯이 느끼기를 선택한다.

마음이 캄캄한 어둠에 빠져들 땐 먹으로만 그림을 그렸다. 어느덧 길고긴 터널을 지나왔다. 마른 나뭇잎처럼 바스러져 가는 순간들을 그림으로 붙잡는다. 나를 통과한 모든 일들이 지금의 나를 만들었다. 슬프거나 상처받고 원망스러운 일일지라도 그때 겪어내지 않았다면 지금의 나는 조금 다른 사람이 되었을 테다. 그러니 나를 사랑하는 일은 내가 통과한 모든 것들을 온전히 받아들이는 것이 우선일 것이다.

지난 몇 년간 마음을 다 써버려서 텅 비어버린 것 같았다. 뭐라도 붙잡고 싶었던 내게 그림이 있었다. 그리고 만들면서 아무것도 남지 않은 듯한 시간을 지나왔다. 비어 있는 것을 꺼내 보여주는 일이 가능할까? 내게는 결과물보다 행위 자체가 필요했던 것 같다. 보자기에 담듯, 땅에 파묻듯, 이름 붙일 수 없는 감정과 머뭇거림을 한 줌씩 그림 속에 담아둔다.

작고 연약한 감정들, 보이지 않으나 존재하고 쌓이는 것들, 허물어져도 여전히 아름다운 것들을 그리고 싶다. 큰 이야기를 하는 사람들은 많으니까. 설명하기 힘든 아픔과 상처, 상실과 연민, 그 과정의 삶에 관하여 끝내 다 알지 못한다 하더라도 이야기하고 싶다.

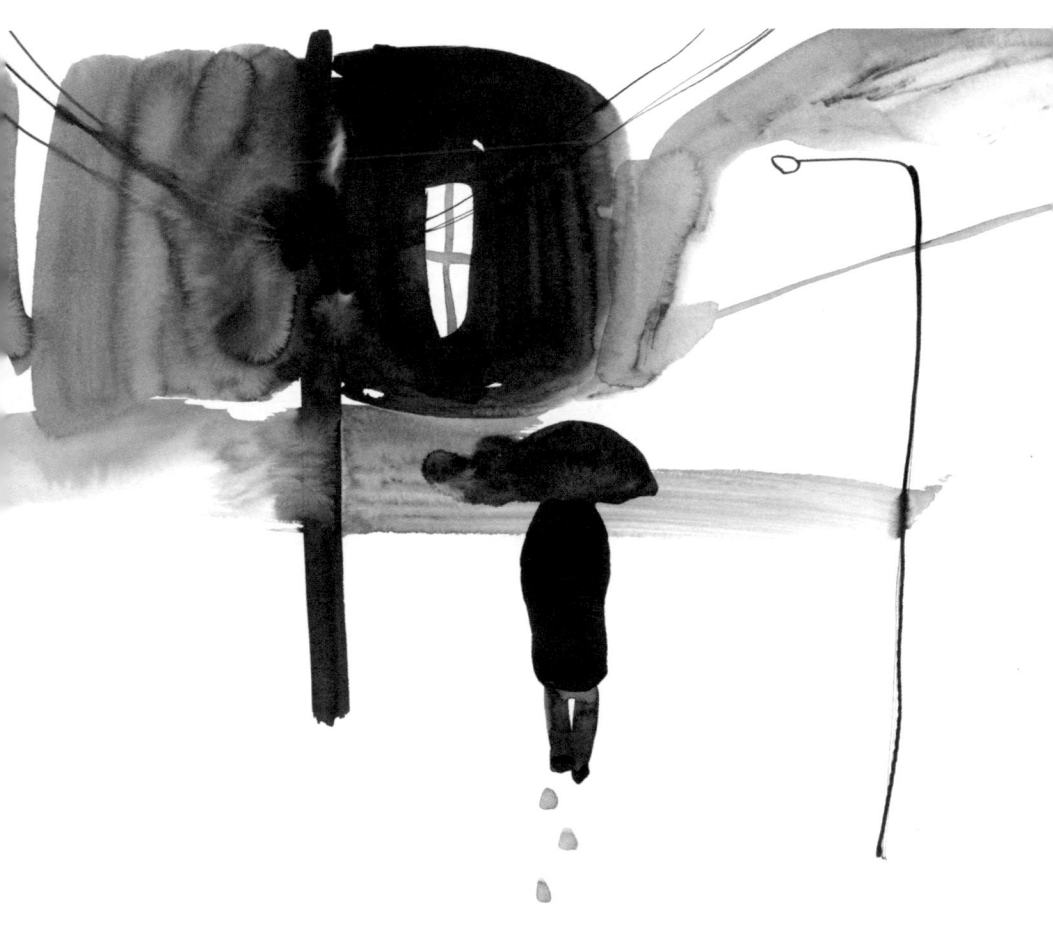

그림의
대상

그림 속의 모두가 나이기도, 보는 이이기도 하다.

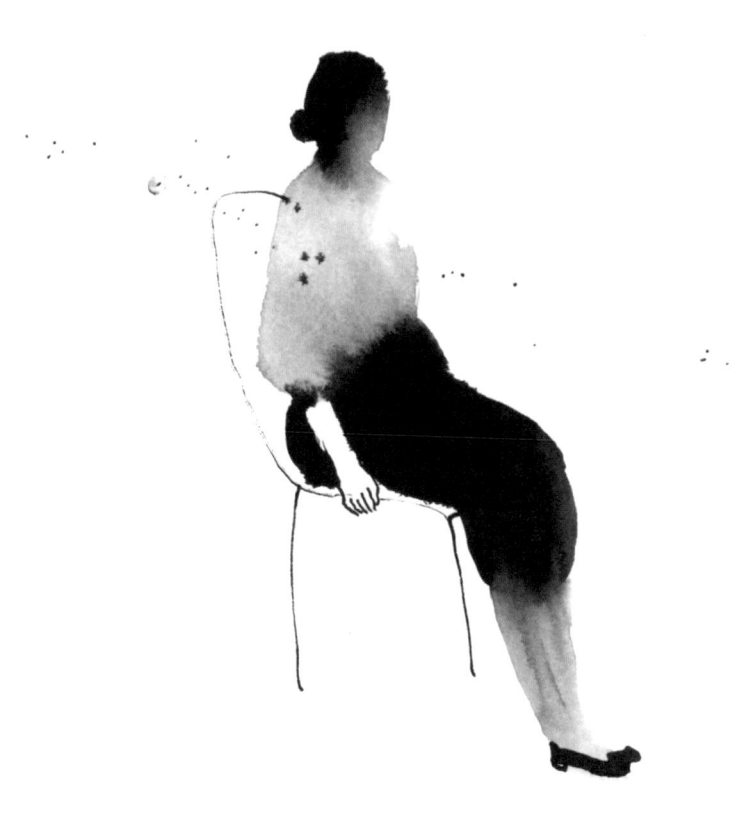

봄의
마음


봄이 되면 낮에도 꿈꾸는 것만 같다. 폭신한 봄의 공기, 분주한 연두 노랑, 봄볕을 더 가까이 느끼고 싶어서 눈을 감고 걷는다.

엄마의 기일이 다가오는 나의 봄은 슬프지만 괜찮다. 한없이 맑은 날에도, 첫눈이 오는 날에도 저마다의 이유로 슬픈 이가 어딘가에는 있을 것이다.

눈을 감고 걸으며 수용하는 마음을 봄에서 배운다.

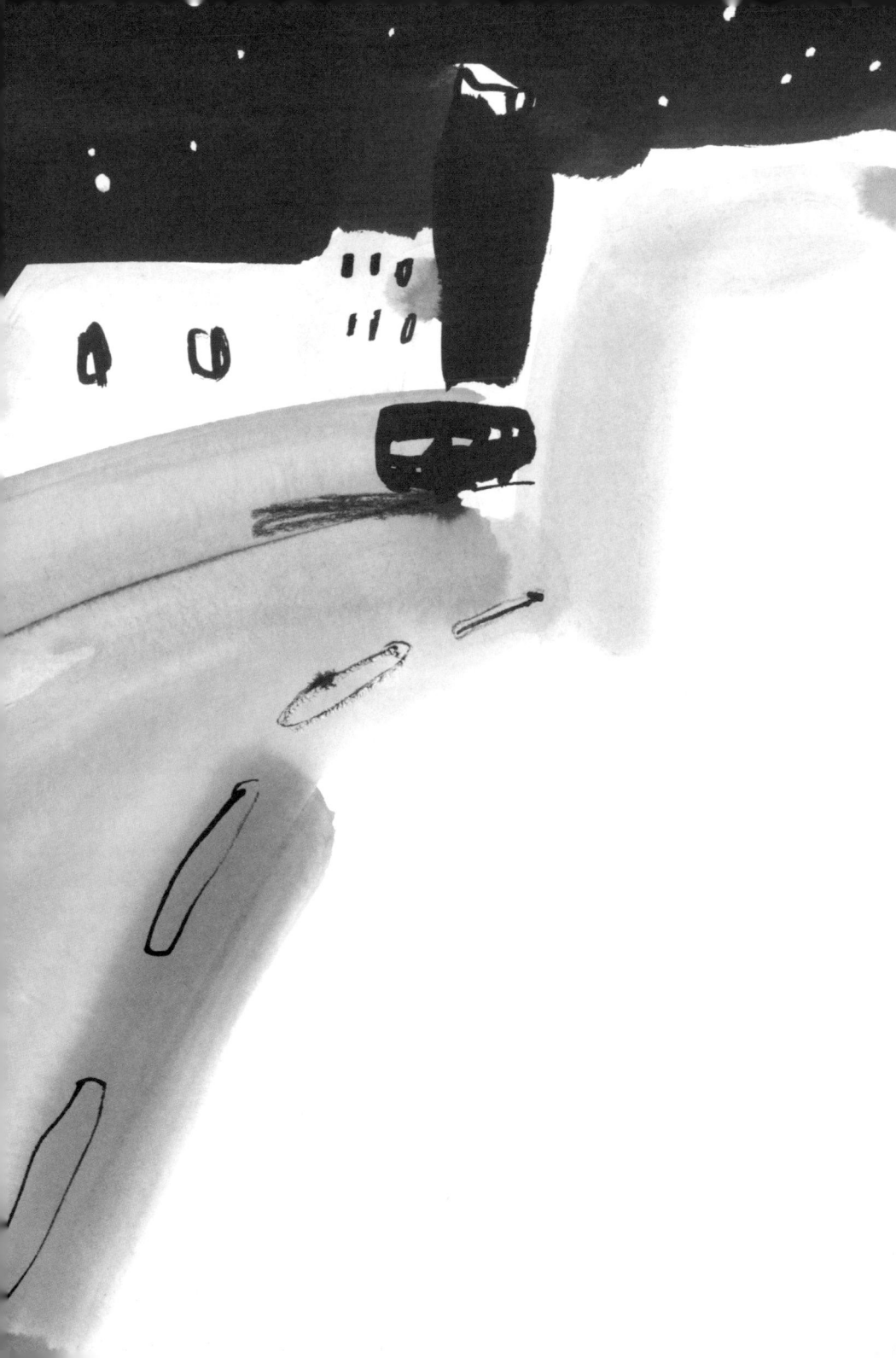

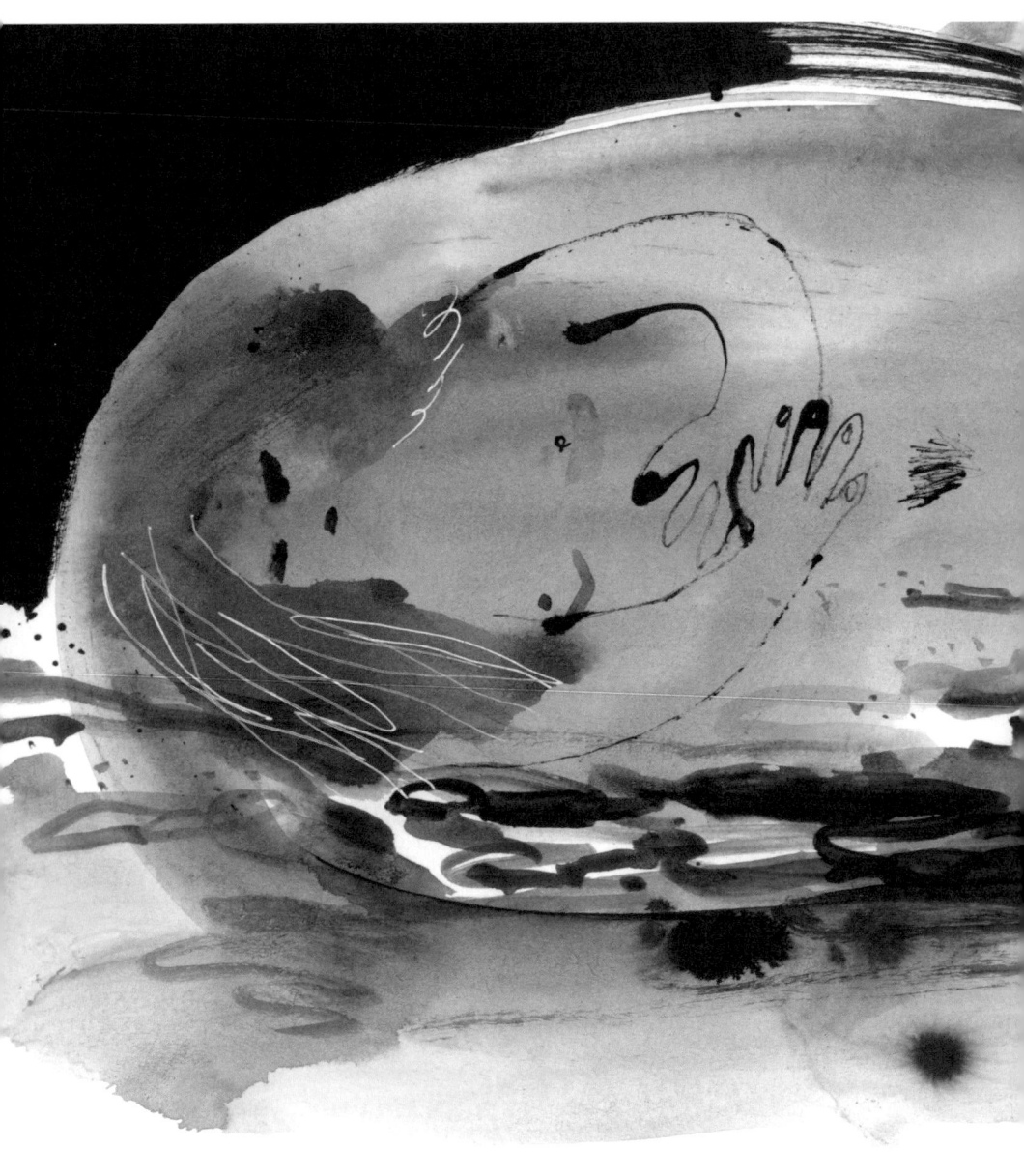

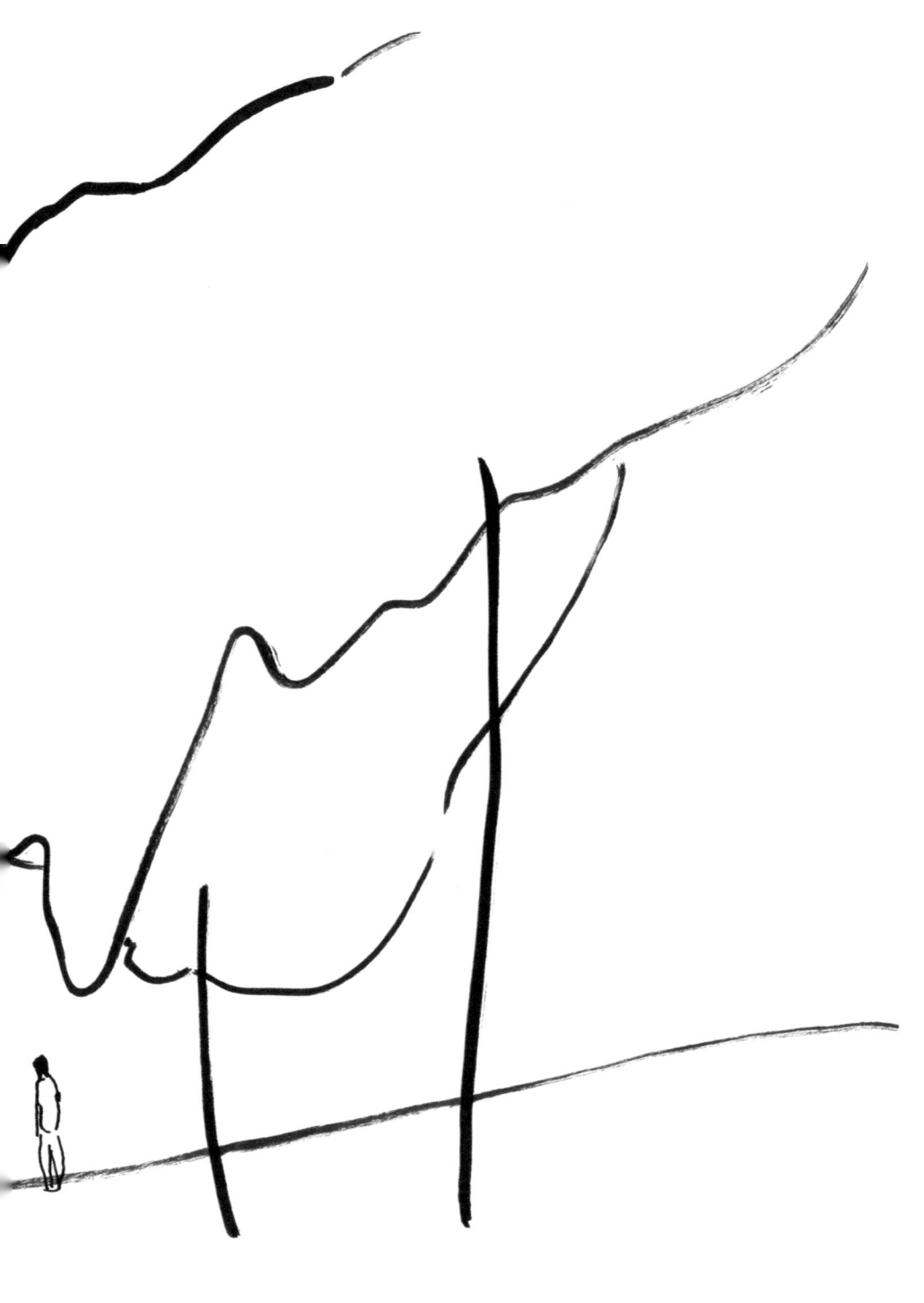

2부/

다가올 시간, 부드러운 마음

작고 아늑한
우리들의 어둠

　　　제주도에 살 적에 같은 동네 양창옥 할머니를 따라 고사리를
따러 다녔다. 벚꽃이 필 때와 질 때 사이 가장 맛이 좋다는 제주 고사리
는 굵고 향이 진하다. 손끝으로 마른 국수가락을 끊듯이, 토옥 토옥. 거
동이 불편하셨지만, 막상 일을 시작하면 언제 그랬냐는 듯 앞장서던 할
머니 뒤를 따라가다 보면 어느 한적한 무덤가였다. 제주 사람들 말로
"고사리 밭은 며느리에게도 알려주지 않는다"는 할머니의 비밀 장소
는 무덤가였다. 정월대보름에 시어머니께 받은 고사리나물을 며칠째
먹으며, 양창옥 할머니와 서늘한 무덤 옆에 쪼그리고 앉아 고사리를 따
던 순간을 떠올린다.

할머니는 아들, 딸 모두 시내에 살아서 바닷가 시골 마을에서 강아지 한 마리와 사셨다. 외지인에게도 넉넉한 인심처럼 언제나 대문은 활짝 열려 있었다. 마을 중심에 자리 잡은 집은 지나던 동네 분들이 들르기 일쑤여서 작지만 늘 북적북적했다. 알아들을 수 없는 제주 사투리로 시끌벅적한 가운데 제비가 집 안에 새집을 지어 놓고 낮게 날며 들락거렸다. 시내에 나간 김에 보리빵을 사다 드리면, 할머니는 빈손으로 돌려보내지 않고 냉장고를 뒤져 얼려둔 문어나 양파, 소라를 쥐여주셨다. 하다 못해 마당 텃밭의 파를 뽑아가라고도 하셨다. 마당에서 깡깡 짖던 바둑이도 언젠가부터 우리를 보고도 심드렁해졌다.

그 무렵 제주도에서 집 빌리기가 어려울 때였는데, 양창옥 할머니 덕분에 우리 식구는 마을 입구에 주황색 지붕을 얹은 제법 큰 구옥을 빌려 살 수 있었다. 대문을 꼭꼭 걸어 잠근 채 오래 비어 있어 한숨 나던 집을 쓸고 닦아 1여 년간 살았다. 잠들었던 집도 사람의 온기가 반가웠을까. 비어 있던 뒷마당에 동글동글한 호박이 열렸다. 그곳에 사는 동안 주소를 적을 때면 맨 뒤에 '주황색 지붕 집'이라고 쓰는 게 좋았다.

한여름, 햇볕에 달궈진 옥상에 오르면 작은 선인장 마을과 저 멀리 바다가 한눈에 들어왔다. 미간을 찡그리며 빨래를 널다 말고 달고 짠 바다 냄새를 들이켜고는 했다. 밤이면 낚싯대를 둘러매고 골목길을 따라 방파제로 향했다. 남편이 낚시하는 동안 나는 일찌감치 자리를 잡고 낚시하는 사람들의 어망도 슬쩍 보고, 별구경을 하다가 삼삼오오 둘러앉은 사람들 틈에 돗자리를 깔고 앉아서 한결 누그러진 밤바다의 푸른 숨을 들이켰다. 그렇게 바다의 숨을 들이마시며 제주 생활에 적응해 나갔다.

바닷바람이 얼음장 같은 유리문을 속절없이 두드리는 겨울밤에는 강아지들과 솜이불에 굴을 파고 누워 겨울이 어서 지나기를 바랐다. 작고 아늑한 우리들만의 어둠. 서울에서 나고 자란 나에게 섬의 겨울은 매서웠지만, 그만큼 식구들과 솜이불 속처럼 살 부대끼며 지낼 수 있었다.

폭풍이 섬을 관통할 때면 마을 사람 모두 문을 걸어 잠그고 숨죽여 밤을 지새웠다. 뉴스에서 본대로 유리창에 박스테이프를 x자로 붙이고, 집이 바람에 날아가는 오즈의 마법사의 한 장면을 떠올렸다. 아침이 되어 문밖에 나가면 언제 그랬냐는 듯 날이 파랗게 개었다. 한쪽으로 휘어진 전봇대만이 지난밤을 말해 주었다.

서울로 올라와 얼마간 지나 양창옥 할머니의 부고를 전해 들었다. 믿기지 않았지만, 제주에 가서야 늘 열려 있던 문이 나무 기둥으로 막혀 있는 것을 보고서야 실감이 났다. 활기차던 집은 입을 꼭 닫고 허허했다.

엄마의 장례를 치르느라 제주에 있는 사람에게 엄마 집의 처분을 맡겨두었더니 유품이랄 것도 없이 모두 훌훌 사라져 버렸다. 마음의 흔들림이 잦아든 몇 년 후에나 다시 제주에 갈 수 있었다.

안방에서 훤히 바다가 내다보이던 엄마의 작은 집은 이미 흔적도 없이 사라지고 높은 담장의 펜션으로 바뀌어 있었다. 시간은 많은 것을 묵묵히 삼켜버렸다.

제주 살 적에 그림을 많이 그려두었다. 쓱쓱 그리면서 시골 마을의 풍경, 바다의 짠 내, 엄마 밥 냄새와 눅눅한 겨울바람이 그림에 스미기를 바랐다. 돌아보면, 허약한 과거를 가진 내가 이제서야 뭐든, 그리운 것들을 남겨두려고 제주에 다녀온 것 같다는 생각이 든다.

한 걸음 앞에
밝음이 있다

2박 3일 일정에도 벅찰 작은 캐리어. 그 안에 열하루를 버틸 최소한의 짐만 챙겼다. 알람 시계, 세안 도구, 로션, 휴지, 우산, 여분의 옷과 빨랫비누, 올인원 비누, 휴대전화는 사용할 수 없지만 혹시 모르니 충전기, 어디든 챙겨 다니는 책과 그림 도구를 제외하니 짐이 단출하기만 하다.

전주행 기차에서 내려 하루에 세 번만 운행하는 버스에 올랐다. 안내 방송도 없이 굽이진 산길을 바람처럼 내달리는 버스 기사님께 내릴 정류장을 묻자 단번에 행선지를 알아차린다. "기도원에 가느냐"며, "사는 게 힘드냐"라고 농담 섞인 물음이 돌아왔다. 나는 웃으며 힘들지 않다고 답했지만, 버스에서 내려 가방을 드르륵드르륵 끌며 생각했다.

나는 사는 게 힘든가, 안 힘든가. 그러면 왜 이곳에 가는 걸까.

골똘한 얼굴이 되었다.

명상원은 평지에 자리한 조용하고 맑은 곳이었다. 일인실 작은 방에 들자마자 마음이 놓였다. 침대 하나, 자그마한 창밖으로 어른거리는 나무 그늘, 풀벌레 소리. 그 정도면 충분했다. 불편한 점이 없지 않았지만, 머무는 동안 말하지 못하고 사람들 간에 서로 닿지 못하는 규율 덕에 오히려 타인들을 견딜 수 있었다. 침묵의 시간은 쉽사리 요동치던 마음을 잠잠히 가라앉혔다. 평소에는 얼마나 많은 소음과 부침 속에 살았던 걸까. 그 뒤로 책과 노트와 휴대전화도 없는 열흘간, 하루 열두 시간씩 오롯이 명상으로 보냈다. 일과가 끝나면 작은 방에 돌아와 낯선 기도를 하고 잠들었다.

첫날엔 내 마음의 주인이 되게 해달라고 기도했다. 둘째 날은 엎치락뒤치락하는 마음이 평온해지게 해달라고 기도했다. 셋째 날부터 열흘을 다 채울 수 있게 해달라고, 가부좌를 틀고 앉은 다리와 단단히 뭉친 어깨가 더 이상 아프지 않게 해달라고 기도했다. 그만큼 체력적으로 힘에

부치는 일이었다. 그쯤부터 중도 포기하고 돌아가는 사람들의 빈자리가 눈에 띄었다. 대화를 할 수 없으니, 무슨 사정인지 알 수 없었다. 초반부터 어깨에 담이 와서 내내 고생했지만 오래 벼르다 왔으니 포기할 수 없었다. 몸이 힘들어 쩔쩔매느라 명상의 이로움을 미처 느끼지 못한 듯해 부끄럽다. 그런데도 오래 앉아 명상하다 보니 알고 있고, 알았던 무수한 얼굴들이 떠올랐다. 스쳐 간 인연들과 잊고 지낸 사람들과 그 사이의 감정들이 불현듯 떠올랐다 사라지곤 했다. 그렇게 며칠, 다른 이들을 떠올리다 나를 보았다.

나는 적막 속에 붙박여 있다. 팔을 휘휘 저어 걸음을 옮겨본다. 맨발에 닿는 바닥은 얼음장같이 차고 시리다. 아무도 오지 않아 메마른 눈물을 훔치고 혼자 툭툭 털고 다시금 일어나야 하는 곳. 버석한 적막이 무서워 마음을 단단한 돌멩이로 만들어야만 지킬 수 있는 곳. 끌어안은 돌멩이가 점점 더 무거워 어쩔 줄 모르고, 그늘진 곳에 멈춰 선 슬픈 얼굴. 얼마나 많은 시간 동안 내 잘못이 아닌 것들로 나에게 화살을 돌리고 이유를 찾았을까. 자신을 탓하는 나를 또 탓했던 어리석음.

한 걸음 앞에 밝음이 있다. 내가 볼 수 없고 그늘에 주저앉아 외면하면

코앞의 밝음이 아무 소용이 없다. 처음으로 내가 한없이 가엾게 느껴져 명상이 끝나고 방에 돌아와 울었다.

매일, 매시간 겨우 따라가다 보니 어느덧, 열흘간의 일정을 마무리할 수 있었다. 마지막 날엔 내가 떠올린 모든 얼굴들의 평온과 안녕을 기도했다.

집에 돌아와서도 종종 명상을 한다. 허리를 펴고 앉아 두 손을 무릎 위에 가지런히 올린 채, 두 눈을 감고 코로 들어오는 호흡을 바라본다. 여전히 집중이 어렵고, 가부좌 튼 다리가 저리고, 모르겠는 일투성이다. 그늘은 영영 사라지지 않고 내 속에 남아 있겠지만, 이제는 밝은 곳과 그늘진 곳 모두 볼 수 있게 된 것도 같다. 나머지는 내가 너끈히 살아가며 채워야 할 부분일 테다.

# 멀고 가까운
## 응원에 기대어

친구 J는 요즘 주말농장을 한다. 고작 세 평 남짓한 작은 밭이다. 한번은 도운답시고 따라가서 낮술만 실컷 마시고 돌아왔다. 여름내 먹던 상추를 걷고 무를 잔뜩 키우더니, 오늘은 집 앞에 찾아와 신문지로 둘둘만 무 두 개를 쥐여주고 바람처럼 사라졌다.

J는 어릴 적엔 통뼈에 감기 한 번 걸리지 않는 건강 체질처럼 보였다. 그런데 요즘에 와서 오십견에 대상포진, 족저근막염, 감기까지 달고 산다. 그만큼 몸을 혹사하며 뭐든 단순하다 싶게 열심이다. "좀 내려놓고 살자" 말은 하면서도, 여전히 주중에는 바삐 일하고 휴일이 되면 직접 키운 무로 김치를 담가 먹는 사람이다.

나와 J는 외형이나 성격도 달라, 같은 학교에 다녔던 고등학교 때는 오히려 데면데면했다. 학교에선 같은 반이어도 앞줄과 뒷줄의 분위기며 공기가 다르다. 작은 체구로 맨 앞줄에 앉아, 있는 듯 없는 듯 학교에 다니던 나와 뒷줄에 앉아 씩씩하게 반장, 부반장을 번갈아 하며 눈에 띄는 학생인 J와는 서로 접점이 없었다. 졸업 후 애니메이션 회사에 아르바이트 면접을 가서 J를 다시 만났을 때도 그리 반갑지만은 않았다. 그래도 오래 같은 회사에서 일하느라 조금씩 가까워져서 친구가 강남에 있는 회사에 다니느라 근처 원룸에 살 적에는 내가 신세를 지고 몇 달 같이 살기도 했다.

실망하는 것이 겁나서 오히려 바라는 것이 적었던 나와 비교해 친구는 늘 허무맹랑해 보일 정도로 꿈이 컸다. 그때는 원룸의 보증금까지 월세로 다 깎여서 변두리 더 작은 집으로 이사를 하면서도 닿을 수 없이 먼 곳만 바라보는 친구가 못마땅했던 것도 같다. 두 사람의 저금통을 헐어 치킨을 사 먹으면서도 친구는 언젠가 너의 매니저가 되어주겠노라고, 건물주가 되어 한 층을 통으로 작업실로 꾸려주겠노라며 큰소리를 탕탕 쳤다. 친구의 허풍에 웃음이 나다가도 진지한 그 눈빛에 말을 속으로 삼켰다.

J는 매일 야근하고, 닥치는 대로 아르바이트를 해서 학자금 대출을 갚으며 일과 공부를 병행했다. 어린 시절의 나는 다소 비관적이었지만, 노력한 만큼 잘 살게 된다면 J는 분명 잘 살 거라고 믿었다.

풍파를 겪으면서도 우리는 어찌어찌 잘 살아졌다. 둘 다 살갑게 자주 연락하는 편이 아니어서 몇 달 만에 만나고는 했다. 나는 오히려 친구가 연락이 잦다가 소식이 뜸해지면 섭섭해하는 사람이 아니라서 좋았다. 오랜만에 연락하면 J는 그새 회사를 옮겼다거나 그전 회사에서 월급을 못 받았다며 분개했다. 더 작은 월셋집으로 이사하면서도 해맑게 집들이 초대를 했다. 저금통을 털지 않아도 치킨을 시켜 먹을 만큼 형편이 나아졌다. 그림만 그리는 나와 달리 J는 언제나 새로운 공부를 시작했다. 우리는 만나서 그런 얘기를 주고받았다.

불합리한 사회에 목소리를 높이면서도, 서로 상처가 될 이야기들은 약속이나 한 듯이 쏙 빼놓았다. 왜 어릴 적부터 아등바등 일을 시작했는지, 어려운 일을 겪을 때 도와주는 가족은 왜 없는지, 이삿날 짐을 나르는 사람이 별 도움이 안 되는 나뿐이었는지, 왜 한 번씩 디딜 곳 없는 사람처럼 모나게 구는지 묻지 않았다. 말하지 않아도 자연스레 알게 되는 것이 있다. 마음이 힘들 때 야근을 마친 친구에게 찾아가 쉰 소리만 하며 돌아오던 밤들이 우리가 알고 지낸 시간의 더께만큼 쌓여갔다.

지금 J는 그가 바랐던 세계적인 영화감독과는 먼 일을 한다. 여전히 회사원으로 바삐 살고, 아직 건물주도 되지 못했다. 하지만 불쑥 찾아와 양손에 무를 건네고, 내 전시 때마다 찾아와 그림을 산다. 그만하라고 하는데도 꼭 전시 오픈 날이면 꽃바구니를 보내 나를 부끄럽게 만든다. 성공을 위해서 그림을 그리는 건 아니지만, 나는 농담처럼 내 그림을 차곡히 모으는 친구 때문에 꼭 성공해야 한다고 말한다. 작업실을 차려주겠다는 허풍에 콧방귀를 뀌던 시절부터 변함없이 나를 응원하는 친구의 마음이 귀하다.

그림을 그리는 것이 별것이겠냐만, 하고 싶은 일을 하면서 살아가는 게 혼자만의 힘으로 가능한 일이 아님을 안다. 멀고 가까운 응원에 기대어 작업하며 살아간다. 어쩐지 속이 허한 날, 친구가 주고 간 무로 따끈한 뭇국과 무밥을 해 먹으면 기운이 불쑥 날 것만 같다.

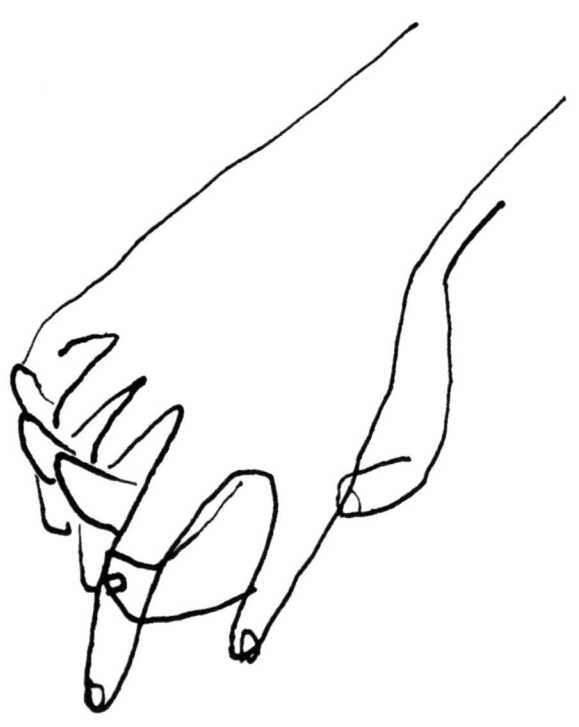

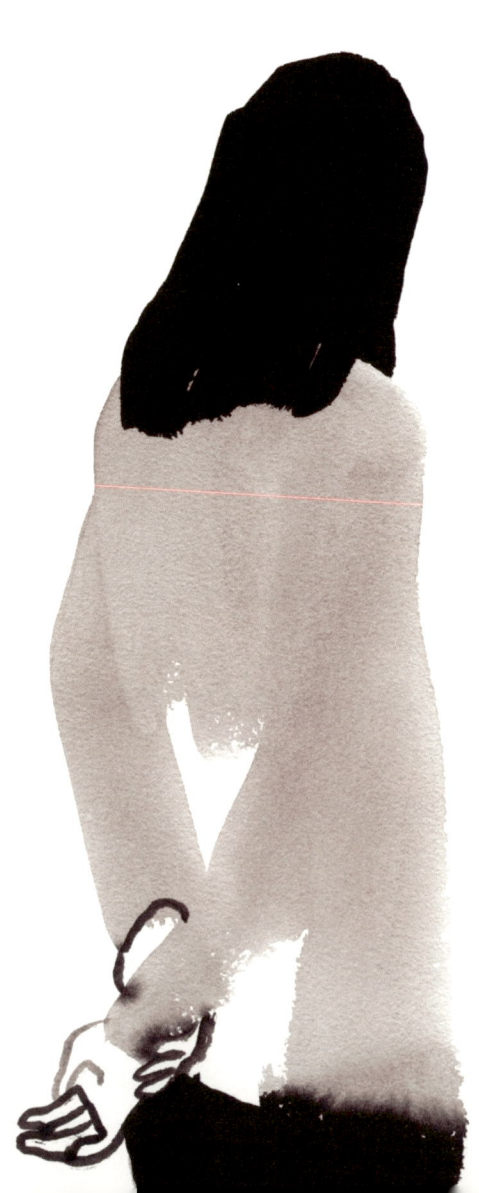

# 잠시 멈추어
# 제자리로

삶이든 작업이든, 내게는 '잠시 멈춤'이 필요하다.

1년에 한두 번, 3일에서 길게는 5일쯤 단식을 한 지 벌써 10년이 넘었다. 곡기를 끊는다는 건 매번 쉽지 않다. 평소에 건강한 식습관을 유지할 수 있다면 하지 않았을 것이다. 나는 체질상 소화기가 약하고 쉽게 피로한 편이다. 육류는 지양하더라도 커피와 술을 즐겨서 그런지 해독이 필요한 시기가 온다. 아무리 잠을 자도 몸이 물에 젖은 솜처럼 무겁고, 어깨와 머리가 돌덩이 같다. 체기가 가라앉지 않아 늘 속이 더부룩하다. 이런 증상들이 쌓여 넘치기 시작하면 내게는 좋은 약보다 소화기를 쉬어주는 단식이 해결책인 셈이다.

이번에는 3일 단식을 했다. 어지럼증이나 속쓰림 같은 명현현상은 없었고, 그저 기운이 없었다. 신호등이 깜빡거릴 때 평소 같으면 뛰던 것을 포기하고 걷는 정도의 상태라 일상생활은 가능하다. 대신 잠을 많이 자고, 커피와 술은 물론 쉬어준다. 한 끼만 굶어도 배에서 꼬르륵 신호를 울리며 야단이다. 이틀쯤 굶으면 배고픔이 서서히 잦아든다. 그렇게 3일을 넘기고 단식이 끝나면 미음, 죽, 채식의 순으로 음식에 적응해나가는 보식의 단계를 거친다. 3일을 꼬박 굶고 생수만 하루 2L씩 마시다가 멀건 미음을 먹을 때면 흰쌀의 고소한 향이 얼마나 포근한지 모른다. 역시 굶어봐야 아는 것인지, 쌀알의 식감과 향이 고스란히 느껴지고, 혼곤했던 정신이 또렷해진다. 해쓱했던 얼굴에도 생기가 돈다. 익숙해서 잊고 지냈던 맛을 음미하며 힘들었던 만큼 이왕이면 몸에 좋은 것을 감사히 먹자고 꼭꼭 다짐하게 된다. 그뿐 아니라 쉽게 재발하는 역류성 식도염, 위염 증세도 말끔해진다.

단식의 가장 좋은 점은 새하얀 도화지가 된 듯 초심의 상태가 되는 것이다. 평생 가면 좋을 테지만, 머지않아 먹던 대로 먹고, 불규칙하게 생활하다 보면 감탄했던 쌀알의 고소함도 잊고 만다. 단식이 어렵다고 하지만, 무슨 일이든 초심으로 돌아가기가 쉬울까.

오래 그림을 그리다 보면 하던 대로만 그리거나, 편한 방식에만 머무는 수가 있다. 그러면 그리는 쪽도 흥미를 잃어버리게 된다. 잠시 멈추어 왜 그림을 그리는지, 어떤 걸 그리고 싶은지 원론적인 질문으로 돌아간다. 순전한 '그리고 싶은 마음'이 초심이 아닐까. 뻔한 답이래도 그리는 나의 마음은 변하기 마련이라 대답이 늘 같을 수는 없다.

며칠 후면 개인전을 앞두고 있어, 지금은 쉬어가는 텀이다. 개인전에 내보일 작업이 얼추 끝나면 바로 새로운 그림이 그리고 싶어질 줄 알았는데, 그런 마음이 들지 않아 느슨히 지낸다. 이따금 그림이 그려지지 않을 때는 어떻게 하느냐는 질문을 받는다. 때로는 하지 않는 것도 방법이다. 사실 나는 쉬이 쉬지 못하는 사람이라 재촉하는 목소리를 달고 산다. 손안에 든 것을 놓칠세라 불안한 적도 있다. 작업실 책상 정리를 하려고 앉은 지금도 해야 할 일의 목록을 노트에 열 가지나 적었다. 그래서 단식하듯, 강제 휴식을 한다. 템플스테이에 가고, 호흡을 고르고, 시를 읽는다. 오래 하늘을 올려다본다.

돌덩이 같은 마음을 흘려보내며, 애쓰지 않고 하고 싶은 마음이 다시 오기를 기다린다. 느슨한 가운데 그리고 싶고 만들고 싶은 마음만을 다람쥐 도토리처럼 조금씩 모은다. 애써 쉬려는 것은, 어질러진 책상을 치워 빈 곳을 만들어야만 새로운 시작을 할 수 있듯이 생생한 마음으로 흰 도화지 앞에 서고 싶기 때문이다.

이제는 손을 놓는다고 작업하지 않는 것이 아님을 안다. 나를 돌아보고, 사람을 만나고, 익숙했던 환경도 새롭게 지내보며 다음 작업의 단서를 찾고, 시작할 기운을 얻는다.

한 발짝 떨어져 아무것도 하지 않음으로 제자리를 찾기를.

그림이 마음보다 앞서지 않고 마음과 발맞추어 다시 시작하기를.

겨울
아침

　　　　검푸른 새벽 속을 잠옷 바람으로 종종걸음 치며 어느 지점에
다다라 웅크린다. 앉은 자리 앞에 땅을 파내고 지난 하루 동안의 상념
과 시간을 묻는다. 씨앗을 키워내려는 듯 흙을 덮고 두 손으로 토닥토
닥. 팔을 괴고 모로 누운 채, 짧은 잠인지 기다림인지 모를 시간이 흐르
고, 이윽고 하얀 아침이 밝아온다.
한 달 넘게 신경성 위통에 시달린 나는 찌푸린 얼굴로 일어난다. 곁에
서 자던 월양이는 침대를 폴짝 뛰어 내려가 아침 볕이 깊이 들어온 거
실에 뒹굴 눕는다. 추위는 여전히 끔찍하다. 보일러 온도를 올리고 털
실내화를 신고, 찻잔에 따뜻한 물을 채운다. 건조한 얼굴로 소파에 기

대어 손을 데우는 찻잔의 물을 조금씩 마신다.

어디선가 읽었다. 신경과민인 사람은 자율신경이 위를 압박해 위가 쉽게 늘어나고 불편해진다고. 스트레스에 취약한 몸을 가지고 태어났으니 불평보다는 보폭을 줄이고 조심조심 살아야 한다. 오늘은 웬일인지 일찍 일어났지만, 위가 안 좋은 탓인지 열두 시간을 꼬박 자도 아침에 눈 뜨기가 힘들다.

잠이 오지 않거나 일찍 일어난 토막 시간에 책을 보느라 소파 옆에는 책무덤이 쌓여 있다. 하지만 요즘은 글자가 좀처럼 눈에 들어오지 않는다. 겉장을 만지작거리던 손을 거둬들인다. 아침볕을 받은 월양이는 노릇노릇, 이내 포근한 노랑이 된다. 느긋한 고양이를 멍하니 바라보니 날카로웠던 신경이 한결 누그러진다. 아직도 잠 속인 듯한 집 안을 둘러본다. 최근 구석구석 청소해서 집은 잘 정돈되어 있다. 망설이던 것들을 과감히 버렸더니 공간에 여유가 생기고, 물건들이 제자리를 찾았다. 여전히 물을 홀짝이며 나의 몸도 이제 욕심은 버리고, 받아들일 수 있는 만큼만, 조금씩 꼭 필요한 것만 먹자고. 마음이 편안한 시간을 부러 가져야겠다고 다짐한다.

돌아보면 나쁘지 않은 순간에 와있다. 어깨를 짓누르는 긴장감은 어쩌면 환영일지도 모른다. 계속해서 인식하기, 개선된 것을 믿고 조금씩 나아가기. 요즘은 그런 걸 연습한다. 한결 따뜻해진 집안의 온기를 느끼며 '언제든 돌아갈 따뜻한 집이 있는 게 얼마나 행운인가' 하고 떠올린다. 털고 일어나 주방에 서서 파를 많이 넣고 계란을 풀어 뽀얀 북엇국을 끓이고, 팬에 닭고기를 굽는다. 주방 일을 할 때는 꼭 싱크대에 딸린 라디오를 켠다. 라디오에서는 학창 시절 도시락에 대한 왁자지껄한 사연들이 흘러나온다. 그런 걸 떠올리면 보잘것없어진다. 홀로 흙투성이 아이가 되어버린 듯해서 다시 기분이 가라앉는다.

여유를 부렸더니 조금 있으면 식사를 차리고 남편을 깨울 시간이다. 낮이 짧은 겨울은 시간이 더 빨리 흐르는 것 같다. 손을 서두르며 밤사이 꾼 꿈을 떠올린다. 내가 죽는 꿈이었다. 누군가 쏜 총에 맞는 순간 눈을 질끈 감고 얼마나 아프려나 생각했는데, 통증은 느껴지지 않고 몸에서 주룩 흘러내린 피가 바닥에 흥건해지는 느낌만이 생생했다. 그 순간 죽는 건 아픈 게 아니구나 생각했다. 육신은 죽은 게 확실한데 정신은 말짱해서, 누군가가 내 시체를 들어 구석에 내던졌다. 나는 절룩거리며 도망치며 내가 죽은 건가, 산 건가 가늠하다 잠에서 깨어났다. 깨어나는 순간, '죽으면 다 끝나버리는구나' 하는 당연한 생각이 번쩍 들었다. 나는 살아있다. 아직 건강하고 아직은 젊다. 내 손으로 따뜻한 음식을 지어 먹으며 오늘을 살아간다. 매 순간 잊지 말아.

허공에 손을 뻗어 아침 해에 반짝거리는 하루를 가만히 쥐어본다.

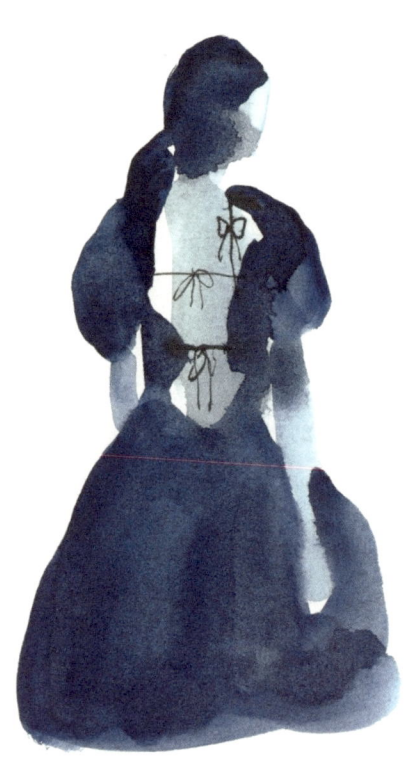

## 내 옷에는
## 언제나 조금씩 물감이 묻어 있다

　　유난히 더운 올여름, 평소에 입지 않던 반바지와 민소매를 꺼내 입는다. 물감이 잔뜩 묻은 작업복과 흙투성이 앞치마를 걸치는 날이 많지만, 이왕이면 근사한 옷을 입고 작업하고 싶다. 좋아하는 옷을 차려입고 좋아하는 일을 하고 싶다.

초등학교 때 톡톡한 원단으로 동그란 퍼프 소매에 치맛단이 종처럼 퍼지는 까만 원피스를 아꼈다. 고집을 부려 체육 시간이 있는 날 입고 학교에 갔다. 하필이면 철봉을 하는 날이어서 선생님께 야단맞았다. 한복을 입고 싶어서 명절을 손꼽아 기다리기도 했다. 지금도 발목까지 내려오는 원피스를 좋아한다. 내 옷에는 언제나 조금씩 물감이 묻어 있다.

그러나 좋아하는 옷을 다 입을 수는 없으니 가끔은 입고 싶은 옷을 그림으로 남겨 둔다.

# 해변의
# 얼굴

　　제주에 살 때 자주 가던 작은 해변을 종종 떠올린다. 해변은 사람이 드나드는 시기에 따라 전혀 다른 얼굴을 보여주는데, 나는 늘 여름의 풍요로운 해변을 꿈꾸면서도 쓸쓸할 만큼 한적한 문 닫은 해변을 마음에 품고 산다. 더 적은 것, 나의 부족함을 닮은 것, 보잘것없는 것들에 마음이 기운다.

또렷한 사람이 되고 싶었다. 그 바람의 한편에는 스스로를 마음에 들어하지 않는 미움이 단단히 박혀 있었다.

이제는 '쌓인다'라는 말을 믿는다. 한때는 모든 게 지나면 흐리게 사라지는 것 같아 동동거리며 살았다. 반짝임을 나도 잡아야 하는데, 나도 반짝여야 하는데- 싶은 마음이었다. 지금은 사소한 하루하루가 쌓여 그냥 나라는 사람을 만드는 걸 알아간다.

그리고 싶고, 만들고 싶은 것, 쌓여가는 모래알 같은 결과가 있다면 만족한다.

입춘이
지나

      아침 산길을 걸었다. 입춘이 지났지만, 산의 눈이 아직 녹지 않았다. 소금같이 포슬한 하얀 눈을 손아귀에 쥐고 걷는다. 주먹 쥐었던 손을 펴니 눈은 투명한 얼음조각이 되었다.

시린 손안의 얼음을 굴리며, 겨울 막바지가 되어서야 겨울을 실감한다. 시인 친구와 우리의 고집 세고 순하고 따스했던 작은 강아지에 관해 이야기한다. 짧은 대화 중에도 몰캉거리는 분홍 배와 먼지 냄새 같은 특유의 온기가 느껴진다. 말로는 다 전할 수 없는 것이, 같은 것을 사랑한 두 사람 사이에 떠올랐다가 사라진다. 누구나 소멸을 피할 수 없으니 나도 남은 이들에게 그런 것으로 떠오르면 좋겠다. 먹먹한 슬픔보다는 온기로 느껴지는 사람.

의미 없이 사라지는 것은 없다. 무엇이든 흔적이 남는다.

# 부드러운
# 마음

작년의 키워드는 '건강과 회복'이었다. 그러나 그조차 스스로를 재촉하고 있었음을 깨닫는다. 무너지고 자책하고 거듭 실망하던 마음이 나를 얼마나 조여왔던가. 지금은 '회복'을 대신해 '변화'를 바란다. 지금의 나를 부정하지 않고, 어떤 속도로든 나아가는 마음. 그리하여 이곳 아닌 다른 곳에 놓일 미래에 대한 부드러운 마음.
매일매일 삶으로 걸어 들어간다.

3부/
고양이가 콧등으로 작은 공을 굴리듯이

# 손의
# 목소리

걷다가 문득 고개를 들어 파란 하늘을 보면 두근대는 심장을 꺼내 보여주고 싶다. 옆 사람의 어깨를 흔들며 어서 고개를 올려다보라고, 내가 보는 걸 너도 보라고 성화를 치고 싶다. 스치는 순간들을 그려내고 싶다. 잡히지 않더라도 간직하고 싶은 마음으로 그림 앞에 선다. 나의 욕구는 말하는 것보다 눈으로 보고 느낀 것을 그림으로 재현하고 당장 흙으로 만들어 내는 것에 있다. 순간의 감정이 휘발되어 버릴까 봐 조바심이 난다.

# 흙으로
## 그리는 그림

　　　　　그림 그리는 사람이 어쩌다 도자기 작업도 병행하게 되었느냐고 종종 질문을 받는다. 그때그때 대답을 하다가 정착하게 된 것이, 입시 때 조소를 전공했기 때문이라고 답하면 단번에 고개를 끄덕인다. 조소로 대학에 입학해서 2학년까지 다니다가 전공을 디자인으로 바꿔 도로 2학년부터 다녔으니 틀린 말은 아니지만, 사실 적확한 답은 아니다. 흙을 좋아해서 조소과에 간 것이 아니었다.

형편상 미술학원을 고3 때부터 다녔다. 전공 미술까지 배울 여유가 없어서 데생만 배웠는데, 당시에 입시 시험으로 데생만 보는 학교가 많지 않았다. 재수하며 다니던 미술 학원이 우연히 조소 전문학원이라, 강사 선생님의 권유로 조소를 시작했다. 가장 큰 이유는 당시 조소과 학생이던 강사 선생님들의 배려로 전공 수업비를 따로 내지 않아도 되었기 때문이다. 한 살 위의 오빠가 먼저 조소를 했던 탓에 낯설지 않았다. 석고상을 멀리 두고 종이 위에 연필로 명암을 그리던 데생과 달리 석고상의 형태를 본떠 실재하는 것으로 만드는 게 새로웠다. 외우듯이 그리는 데생은 어쩐지 비슷비슷한데, 같은 흙으로 같은 석고상을 만들어도 크기며 표정이 다 달랐다.

난 처음치고는 제법 형태를 만들어내 자신만만했고 뭐든 시작할 때 가장 열정이 넘치는 편이므로, 흙 묻은 손을 씻을 새도 없이 지하철 막차에 오르곤 했다. 같이 조소를 배우던 친구들의 씩씩한 기운에 나도 덩달아 목소리가 커졌다. 그렇게 6개월 조소를 배우고 운 좋게 조소학과에 갔지만, 수업에 큰 흥미를 느끼지 못했다.

앞에 나서서 어설픈 몸짓으로 무언가를 표현해야 했던 퍼포먼스 수업이나 해부학 수업이 흥미로웠지만, 계속 작업할 미래로는 그려지지 않았다. 그나마 즐거웠던 수업은 흙으로 인체를 만들기 위해 먼저 모델을 보면서 크로키를 하던 소조 수업이었다. 흙먼지가 뽀얗게 내려앉은 실

기실 중앙에 모델이 포즈를 취하면 둘러싼 학생들이 나무 뼈대에 흙을 덧붙이면서 인체의 형태를 만들어 갔다. 오래 입시 준비를 했던 동기생들의 완성작을 보면서 내 실력이 얼마나 부족한지 금세 깨달았다. 흙은 너무 차갑고 단단했다. 그러나 똑같이 앉아 석고상을 그리던 입시 미술과 달리 움직이는 사람을 빨리 그려내야 하는 크로키 시간만큼은 온전히 몰입할 수 있었다. 아쉽게도 그 외에는 수업 중에 그림을 그리는 일이 거의 없었다. 그림 그리기가 싫어서 조소학과에 왔다는 동기마저 있었다. 한겨울 땡땡 언 흙이 풀어지도록 주무르다 보면 손이 트기 일쑤였다. 끙끙거리며 상반신만 한 석고 틀을 뜨다 말고 학교 잔디에 누우면 몸이 지하까지 푹 가라앉는 것 같았다. 조소과 동을 바라보던 눈을 질끈 감았다. 체력도 약한 내가 왜 조소과에 왔을까. 결국 2년을 다니고 전과 시험을 거쳐 전공을 바꾸게 되었다.

지금의 행보를 생각하면 회화과나 도예과로 옮겼을 테지만, 당시엔 취업을 서둘러야 한다는 생각으로 무턱대고 디자인과에 갔다. 편집디자인, 영상, 광고 등 많은 것을 배웠지만 정작 그림에 대한 갈증은 풀리지 않았다. 이제야 나는 '그림 그리는 사람'이 된 것 같다. 늘 그림을 그려왔지만,

내 그림을 그린다는 감각은 최근의 일이다. 내 그림을 그리기 시작하면서 흙 작업도 다시 시작했다. 그릇을 만들거나 도자기 조형물을 만드는 건 조소과에서 하던 작업과 많이 다르지만, 흙의 촉감은 종종 그 시절을 떠올리게 한다. 오래 외면했던 흙과 화해한 것 같다.

흙은 적당한 때라야 다음 작업으로 나아갈 수 있다. 돌덩이같이 단단하게 굳은 흙에 물을 넣고 오래 주물러야 내가 원하는 것을 만들기 쉬운 상태가 된다. 흙이 적당히 말랐을 때라야 겉면에 화장토를 발라도 잘 달라붙는다. 표면을 긁어 그림을 그릴 때 흙이 너무 질어도, 너무 굳어도 원하는 느낌을 낼 수 없다. 천천히 말리거나 서둘러 말리며 적당함을 찾아야 한다. 어쩌면 내게도 그런 시간이 필요했던 건지도 모른다.

그렇다고 내가 조형 작가나 공예 작가라고 생각하지 않는다. 그저 그림으로 표현하고 싶은 것을 흙으로도 표현할 뿐이다. 손에 붓을 들고 화면에 그림을 그리듯이 손으로 흙을 빚어내며 내 안의 이미지를 가시화한다. 그림과 화면에 머물지 않은 모든 작업이 나의 손을 통해 연결된다. 그래서 그림이 변하면 도자기 작업도 변한다.

중요한 것은, 지금 이 순간 내가 낼 수 있는 목소리를 내는 것이다. 그

목소리가 흙과 종이에 스며, 누군가에게 울림으로 닿기를 바랄 뿐이다.

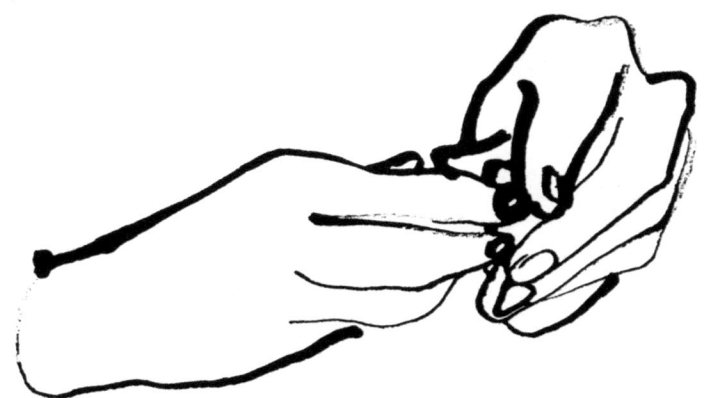

## 드로잉에 들어가는 시작-
## 지치지 않고 헤매이기

내 작업 테이블은 늘 어수선하다. 붓과 색연필, 잉크 같은 그림 그리는 도구가 뒤섞여 있고, 읽다 만 책과 포개진 책들이 쌓여 있다. 크기가 다른 잔과 자잘한 오브제와 시든 꽃과 사진과 그림들. 그럼에도 종이 한 장이 놓일 정도의 공간은 늘 비어 있다. 지금의 테이블 상태는 내 마음과 똑 닮았다. 어지러운 마음들, 그럼에도 비워진 공간. 그 빈자리 때문에 결핍을 느끼기도 하고, 그림을 그리기도 한다.

마음이 혼란할 때는 먹으로 드로잉을 한다. 글로 쏟아내면 평정이 찾아오듯, 종이에 스미는 먹에 집중하다 보면 흐트러졌던 마음이 흰 종이에 가만 내려앉는다. 내가 여전히 알 수 없는 것들이 더 많으니, 종이 앞에 오롯이 앉아 가능한 일을 한다.

드로잉에서 시작해서 어떤 것은 도자기가 되고, 어떤 것은 페인팅이 된다. 매체는 달라도 바탕에는 같은 마음이 흐른다. 나는 여전히 만질 수 있고, 무게가 있고, 세계에 존재하는 물질로서의 가치를 원한다. 보이지 않는 것을 붙잡기 위한 애씀으로 그림을 그린다. 고졸한 맛이 나는 손으로 만든 것이 좋지만 꾸밈만 있고 마음이 담기지 않는 것은 싫다. 물건이 넘치는 세상에 또 한자리를 차지할 뿐이다. 그런 걸 가늠하느라 하루를 다 써버리곤 한다.

물감이 마르기 전에 옆에 새로운 붓질을 하면 물길을 따라 물감이 번져 나간다. 그렇게 통제할 수 없는 부분이 그림을 완성하는 것 같다. 그런 것은 내가 전부 그린 것 같지 않다. 도자기 작업에서도 작은 차이로 매번 결과물을 예측하기 어려운 점이 어려우면서도 마음에 든다. 데이터를 쌓아 수치화하면 잘 예측할 수 있을 것이다. 하지만 나는 순간의 기분과 손의 흔적을 남겨 둔다.

지금의 상처와 부족함조차도 지나면 다시 오지 않을 내 일부이니 그런 것에 매료된다. 실패의 과정들이 차곡히 몸에 쌓이기를, 성실하고 자연스럽게 체득되는 것을 더 믿는 쪽이다.

부족함 속에서 아름다움을 발견하려면 더 주의 깊게 보아야 한다. 내 손으로 그리고 만들어 봐야지만 알 수 있다. 지난하고 노동에 가까운 시간을 보내고 나야만 알 수 있는, 어쩌면 솔직한 세계일 것이다.

아무것도 만져지지 않는 날도 있다. 밤의 어둠같이 망설임의 발걸음같이 흰 종이가 적막하기만 하다. 낮의 소란을 가라앉히고 내딛는 밤의 헤맴은 외롭고 따뜻하다. 비록 그곳에 닿지 못해도 건져 올린 그림은 나만의 이정표가 된다. 한걸음, 한걸음 단지 반복이 아닌 발걸음을 내디딘다. 어쩌면 이정표를 붙여가며 밟아가는 일에 그칠 수도, 손안에 쥔 것이 전부일 수도 있으니, 나는 이 헤맴에 더 익숙해지고 사랑하도록 멈추어 숨을 고른다.

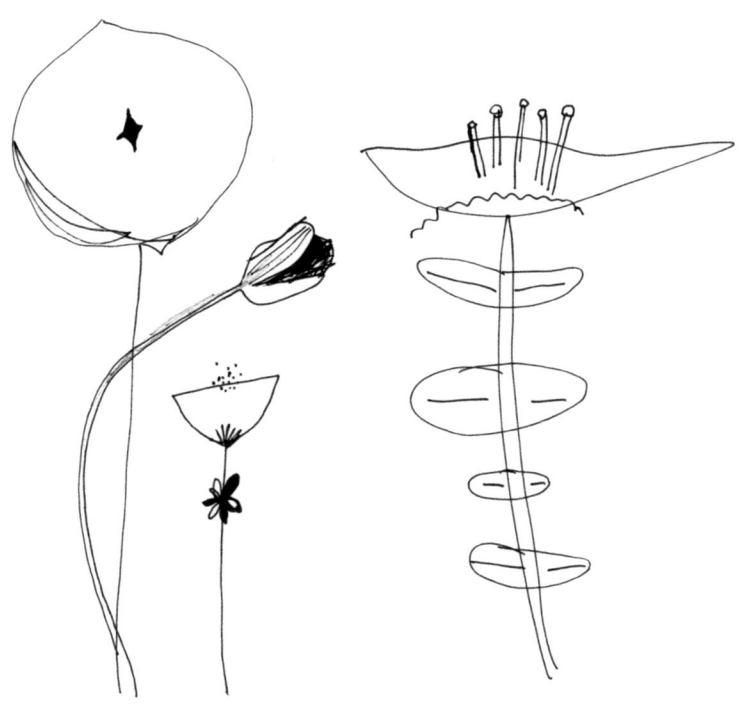

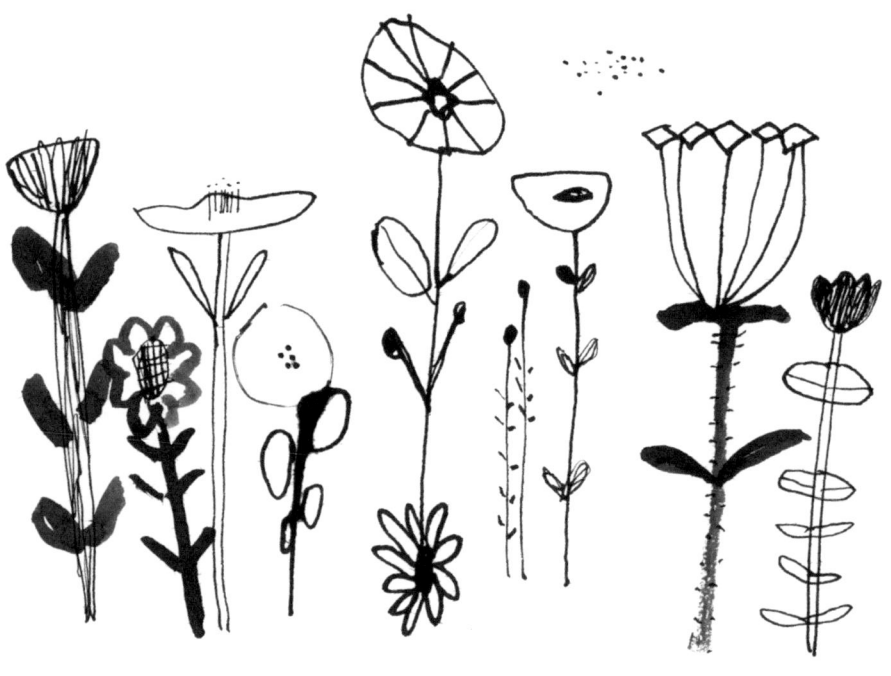

내일을
기대하게 하는 일

나는 어쩌면 '좋아하는 것'을 기록하는 사람 같다. 좋아하는 것을 그리고, 만든다. 꽃과 집을 그리고, 얼핏 쓸쓸해 보이는 누군가의 뒷모습도 아끼는 마음으로 그린다. 커피와 술을 좋아해서 잔을 모으게 되었고, 이제는 잔과 그릇을 만든다.

그릇은 담기는 것에 따라 쓰임이 달라진다지만, 나는 주로 손에 든 장면을 떠올리며 그 형태와 크기를 정한다. 흙을 조물조물 만져가며 만든 잔은 작은 소주잔이 되었다가 둥근 막걸릿잔이 되기도 하고, 손잡이가 달린 커피잔이 되었다가 높은 맥주잔이 되고, 손에 쏙 감기는 물잔이 된다. 잔을 만들면 꼭 짝이 맞게 여러 개 만든다.

가래떡같이 길게 민 흙을 둥글게 원을 만들며 붙이는 방식을 코일링 작업이라고 한다. 엄지와 검지를 집게 모양으로 세워 흙을 꾹꾹 눌러 모양을 잡아간다. 손가락 자국이 겹겹이 쌓여, 마치 흙 위에 새겨진 작은 레이스 같다. 단단히 만들기 위해서는 손으로 여러 번 다듬어야 한다. 그 과정에서 엄지 모양의 작은 동그라미가 촘촘히 겹쳐 찍혀 나간다. 흙에 몸의 궤적이 스민다. 그것은 그림을 그리거나 편지를 쓰는 일처럼, 누군가에게 전하고 싶은 내 마음의 흔적만 같다.

그릇 만들기는 초대의 의미다. 내가 만든 그릇을 누군가가 손에 쥐었을 때, 당도할지 모르던 나의 편지가 닿듯이, 우리가 서로 연결된다고 믿는다. 오목한 그릇에 따뜻한 음식을 담아 누군가를 기다리는 마음을 떠올린다. 물질로서의 연결은 훨씬 직접적이고 감각적으로 다가온다.

흙의 종류에 따라 손에 들어가는 힘이 다르다. 순백의 실크 백자는 결이 촘촘하고 단단한 석고 반죽 같아 섬세하면서도 강한 힘을 줘야 하고, 성형이 쉬운 조형토는 말랑말랑 성긴 모래 반죽 같아 보다 힘을 덜어야 한다. 빵 반죽하듯 흙을 뭉치고, 둥글리고, 치댄다. 만든 잔은 수분이 마르면서 눈에 띄게 줄어든다. 바짝 마른 뒤 가마에서 초벌과 재벌을 거친다. 도자기는 흙 속에 공기가 들어가면 가마에서 구울 때 터져 버린다. 덩어리가 두꺼워도 가마에서 쪼개져 버리고 마니, 흙은 공기 없이 적당한 두께로 속을 비워 만든다. 그래서 도자기 조형 작업도 안이 비어 있으면서도 공기가 통하는 숨구멍이 필요해, 모든 것이 그릇의 형태를 띤다. 바스러지기 쉬운 성질의 흙이 불의 마법으로 단단한 그릇이 된다. 제 고유성을 지니게 되는 순간이 멋지다.

동그란 잔을 손에 쥐고 술을 따른다. 쪼르륵 청아한 소리에 마음이 밝아진다. 술이 한 모금 들어갔을 때의 솜털 같은 들뜸, 달고 쓴 목 넘김과 한결 부드럽고 넉넉해지는 시야와 작고 친근한 이야기가 좋다. 좋은 순간들은 다시 그림이 된다. 좋아하는 것들은 사는 걸 조금 더 녹록하게 해준다. 좋아하는 것을 통해 나의 새로운 면을 알게 되고, 예상치 못했던 새로운 길이 열리기도 하니까. 좋아하는 마음을 키우다 보면 어느새 스스로를 좋아하게 되어 내일을 기대하게 된다. 기왕이면 좋아하는 게 많았으면 좋았을 텐데 그렇지는 못하다.

그러니 술잔을 기울이며, 좋아하는 것을 기록하는 사람, 좋아하는 것을 아끼어 남기는 사람, 내일을 기다리는 사람이 되자고 생각한다.

# 겨울잠 같은
# 하루

    겨울에는 되도록 단순하게 생활한다. 늦잠을 자고 일어나 따끈한 밥을 해 먹는다. 정오쯤 작업실에 출근해 발끝에 전기스토브를 켠다. 물통에 맑은 물을 갈아 넣고 드로잉을 시작한다. 그러다 페인팅으로 이어지기도 하고 드로잉에 그치기도 한다. 해가 지면 집에 돌아와 저녁 설거지를 마치고, 몸을 씻고, 고양이를 쓰다듬다 일찍 잠든다. 일주일에 두세 번 운동하는 것 외에는, '그림을 그리는 것'이 전부인 일상이다. 겨울이 단 며칠뿐이라면 하루는 그림을 그리고, 하루는 잠을 자며 보낸다. 느릿한 겨울잠 같은 하루하루. 건조하고 쌀쌀한 공기에 눈을 떠도 정신이 들지 않아 진하게 커피를 내려 마신다. 손끝에 전해지는 온기가 좋아서 잔을 종일 손에 쥔다.

어릴 적부터 잠이 많았다. 시험을 망치거나 친구와 싸워 속상한 날이면 얼른 집에 와 머리끝까지 이불을 덮고 깊은 잠에 빠졌다. 꿈속 어딘가에 속상함을 묻어두고 한결 가벼워진 마음으로 눈을 떴다. 침대에서도 그림을 그릴 수 있다면 좋을 텐데. 그리다가 그대로 잠에 빠져들어 꿈속에서 마저 그림을 완성한다면 더 근사한 그림을 그릴 텐데. 나는 덜렁대는 성격이라 툭하면 물건을 잃어버린다. 어쩐지 꿈속에 잃어버린 물건들이 다소곳이 제자리에 있을 것 같다. 언젠가부터 사라진 안경도, 에어컨 리모컨도, 며칠째 보이지 않는 신용카드도. 어서 밤이 와서 내가 찾아주기를 기다리는지 모른다.

여전히 마음이 어지러울 때면 잠으로 도망간다. 하루씩 도망갈 곳이 있어서 안심된다. 뿔뿔이 흩어진 사람들도 다시 만난다. 오늘 꿈에서는 미국에서 반평생을 사시다 돌아가신 외할머니를 보았다. 생전 모습 그대로 곱고 하얀 피부에 목걸이와 반지를 주렁주렁 걸고 계셨다. 여전히 매정한 모습이 서운해 하소연했더니, 옆에 선 오빠가 외할머니가 그럴 수밖에 없던 사연이 있다며 두둔했다. 사연은 기억나지 않지만, 깊은 이해의 감정이 일었다.

키웠던 강아지 뿌루는 곁을 떠난 지 1년 만에 꿈에 나왔다. 볕이 환하게 드는 작은 집에서 선한 얼굴의 부부와 살아가고 있어 안심되었다. 흩어진 낱말들이 내 마음을 쏙 대변하는 글이 되지만, 깨어나면 흔적 없이 흩어진다. 꿈속에서나 가능한 일인가 보다, 하고 작은 체념을 한다.

그림을 그리는 일은 내게 꿈꾸는 것과 비슷하다. 보고 싶었던 얼굴과 듣지 못한 말들에 대한 아쉬움. 조각난 감정들을 그림에 담는다. 꿈을 되새기듯, 그린 그림들을 모아 펼쳐두고 감정의 결을 헤아린다. 비록 이루어질 수 없는 바람일지라도 그림 안에서는 가능하다. 그러니 그림에는 체념이 숨어 들어간다. 잠들어 있거나 깨어서도, 파편화된 것들을 그러모아 짐작하는 일을 하고 있다.

날이 차지만 요즘엔 봄을 그리워하며 꽃과 식물을 그린다. 생생하게 살아있는 것을 그리며 과자같이 바사삭 부서지는 마음을 보살피며, 따뜻한 것을 곁에 두고 겨울을 견디어 낸다. 그렇게 또 한 계절을 지나간다.

## 가볍고 가볍게,
## 여행 드로잉

　　　　여행을 갈 때면 꼭 가벼운 노트와 유성펜을 챙긴다. 언제든 꺼내기 좋고, 비에 젖어도 물이 스미지 않는 낡은 프라이탁 크로스백에 넣어 간다. 그래도 여행지에서 마음에 드는 필기구를 발견하면 반가워서 그곳에서 산 노트와 펜으로 그림을 그린다. 크기와 시기가 제각각인 노트는 여행의 기념품이 된다.

낯선 풍경 속의 조용한 관찰자가 되기에 여행지만큼 좋은 곳이 없다. 천천히 걸으며 그곳에서 살아가는 사람들의 일상을 떠올린다. 새로운 환경에 놓이면 나는 쉽게 긴장해 자연스럽지 못하다. 그럴 때도 그리기가 도움이 된다. 출발하는 버스에서, 지하철과 공항에서 나처럼 들뜬 사람들을 그린다. 종이에 사람들을 옮기며 느리게 응시하는 과정에 내가 있다. 그런 인식을 종이에 물감 번지듯 하게 된다.

평소에는 아침잠이 많아 못 하지만, 여행지에서는 되도록 이른 조식을 먹고 산책을 나선다. 막 깨어난 아침 풍경 속을 무람없이 걷는 순간이 좋다. 푸른 아침 냄새, 살갗을 스치는 바람, 조금은 느린 호젓한 풍경들. 슬슬 걷다가 그런 것을 그린다. 그림에 다 담길 수는 없다. 꾹꾹 눌러쓴 편지를 병 속에 담듯, 그림 안에 내가 속한 시간을 담고 싶다. 사진을 보고 그리기보다 어설프더라도 노트를 펴고 카메라 셔터를 누르듯, 일순의 감정을 담아 그린다. 사진을 보고 그리면 더 자세히, 많이 그릴 테지만 현재하는 순간을 기록하는 건 그곳에 속한 나만이 할 수 있는 일이다.

언젠가 다시 그리고 싶어서 사진을 찍지만 이내 실망한다. 대부분은 당시의 생생함이 사라진 납작한 이미지일 뿐이다. 녹음 속에 삐죽 나온 사람들의 다리와 나른하고 흥겨운 옹성거림, 낯선 공기와 눈을 아리는 햇볕 같은 건, 사진으로는 통 모르겠다. 그리려던 순간이 금세 흐트러지면 욕심내어 다 그릴 수 없다. 그러면 또 그만큼만 그림에 담는다. 보고 느낀 정도만 그리면 그만이다. 똑 닮지 않아도 괜찮다.

노트 속에는 구부정한 어깨, 홀로 골똘한 사람, 의자에 기댄 굽은 등, 마주해 포개진 사람들, 노동 중인 사람들, 말 없는 뒷모습이 차곡차곡 쌓인다. 친구에게 맡기고 온 내 고양이가 보고 싶어 작은 동물들도 많이 그린다. 술집에서 마주한 낯선 사람들을 그리고 선물로 건네기도 한다. 삐뚤삐뚤한 선에서 술 냄새가 나는 것 같다. 해가 지며 푸르게 암전되어 가는 풍경을 좋아하지만 그리지는 않는다. 그럴 때는 손에서 펜을 놓고 멍하니 바라볼 뿐이다.

여행이 끝날 즈음이면 노트 하나에 빼곡히 그곳이 담기기도, 그러지 못하기도 한다. 그럼 또 어떤가. 붙잡으려 해도 흘러가는 시간처럼, 그리지 않아도 괜찮다. 현재에 머물기만을 바랄 뿐이다.

여행에서 돌아오면 노트는 서랍에 들어가 잠든다. 어느 날 문득 펼쳐보았을 때, 여행의 시간이 불쑥 다가온다. 꼭 닫아둔 유리병을 열어 먼바다의 냄새를 맡는 것 같다.

그림을 통해 여행지에 적응하듯, 그릴수록 가벼운 선이 나오듯, 드로잉은 내게 손과 마음이 가벼워지는 방식이다. 그러니 삶에서도 모쪼록 가볍고, 가볍게.

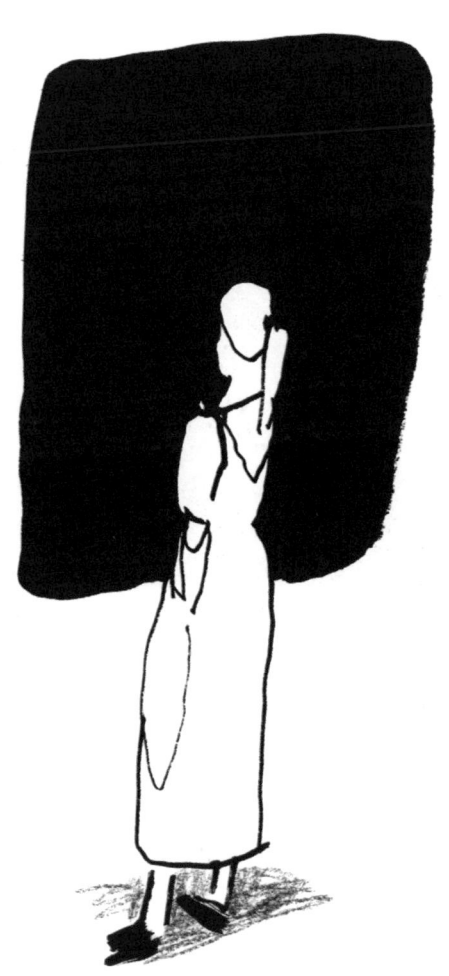

## 고성:
## 나의 공허를 마주하는 것도 여행의 이유가 될까?

봄과 여름 사이, 트렁크가 꽉 차도록 그림 도구를 챙겨 강원도 고성에 내려갔다.

도착한 첫날 밤, 컴컴한 밤바다를 마주하고 술을 들이켜다 바다 위로 떠오른 둥그런 달을 그리겠다고 급하게 스케치북을 꺼낸다. 쓱쓱. 다음 날 펴보니 알아보기 힘든 무엇인데, 바다에 비친 달무리만은 또렷하다.

나는 많이 그려내고 그림에서 힌트를 찾듯 조금씩 나아간다. 이곳 아닌 어딘가에 닿기를 바라듯이. 그러다 문득 우울이 찾아오고, 이게 다 무슨 소용인가 싶어 깊은 구렁텅이에 빠지기도 한다.

그럴 때면 나를 달래는 데 온 힘을 다한다. 그런 것에 지친다. 괜찮다고 말하고 싶지 않다. 꽤나 길게 혼자서 여행은 처음이라 신나게 고성에 왔지만, 잘 먹고 잘 자고 일어나 돌연 외로워서, 어느 아침은 우울하고 들뜬 나를 견딜 수가 없다. 친구에게 전화를 걸고, 배고프지 않아도 음식을 챙겨 먹고, 괜히 밝은 목소리로 말한다. 낯선 이가 내 얼굴이 슬퍼 보인다고 말할 때면 비밀을 들킨 것 같아 고개를 숙인다.

밤이 되면 돌연 어둠 속에 갇힌 기분이 들어 불을 켜두고 잔다. 밤바다는 파도 소리와 함께 끝 모를 막막함으로 다가온다. 어린 시절의 나는 기대를 받아 본 적이 없다. 나의 부모는 기대조차 하지 않을 거면서 왜 아이를 둘이나 낳았을까. 나는 그리기를 좋아하고 퍽 잘 그렸는데 아무런 기대를 못 받아봐서 스스로 뭐가 될 수 있을 거라는 생각을 못 했다. 잘해야 주부가 될까, 그림으로 먹고살 수 있다면 만화를 좋아하지 않는데도 만화가가 되면 좋겠다고 생각했다.

초등학교 때 미술 학원에 다니고 싶었다. 수채화를 화가처럼 잘 그리는 우리 반 반장이 대단해 보였다. 하지만 내게는 물감도 없었다. 그저 만화를 따라 그리고 반 아이들이 그려달라는 걸 그려 줬다. 아이들 사이에서 나는 그림을 잘 그리는 아이였다. 그러나 우리 집은 가난하고 부

모님은 학교에 한 번도 오지 않았다. 없는 듯 조용한 아이라서 선생님
은 내 이름도 기억하지 못했다. 그런데도 나는 속으로 투명 인간이 되
고 싶다고 생각했다.

고성에서의 일과는 단순하다. 느긋이 일어나 막국수를 사 먹고, 해변을
걷다 마음을 끄는 풍경 앞에서 스케치북을 들고 서서 그린다. 집에 와
서 저녁을 먹고 낮에 본 풍경을 형상보다는 감정에 집중해 물감으로 그
려낸다. 마음에 들지 않기도 하고, 드로잉에 치우치는 게 불안하기도
하다. 그래도 그리다 보면 뭐라도 되겠지. 어디든 가 있겠지. 그러지 못
한다 해도 뭐가 대수인가. 이런 적막 속에서 나를 마주하는 일이 겁나
면서도 필요해서 이곳에 온 것 같다.

나는 나를 용서해야 해. 내가 나를 제대로 바라보고 눈을 맞추고 손을
맞잡고, 끊임없이, 매일매일.

집 안에서도 끊임없이 파도 소리가 들려온다. 해변에서 이따금 폭죽이
터진다. 같은 바다여도 매일의 색이 달라 그림도 조금씩 달라진다. 거
실 한켠에 좌식 식탁을 펴고 앉아 그림을 그린다. 바닥에 앉아 창밖을
내다보면 온통 바다라서, 물 위에 떠 있는 기분이다. 내가 가진 외로움

의 이미지는 어둡고 깊은 망망대해에 홀로 띄워진 작은 배라서 이런 고요가 견디기 힘든 것 같다.

아이는 하얀 모래를 손으로 쓸며 강아지처럼 부드러워라고 말한다. 어떤 풍경은 보는 것만으로도 저릿해서 왈칵 슬퍼진다. 그러나 외면하지 않고 응시해야만 그릴 수 있다. 진짜를 하고 싶으면 진짜 마음이 되어야 한다. 마지막 주말, 해변에는 사람이 많다. 해안가 가까이 텐트를 친 사람들이 여럿이다. 태연한 사람들. 연이 바람에 펄럭인다. 텐트로 작은 집을 짓고 나란히 앉은 사람들, 아직 물이 찬데, 바다에 뛰어든 사람들, 쉼 없이 뛰는 아이들, 하얀 손 같은 파도가 밀려왔다가 사라진다. 세수만 하고 그릴 것을 챙겨 나왔지만, 카페에 앉아 풍경을 본다. 마음이 또 갈팡질팡해서 책을 뒤적이다가 휴대전화를 본다. 누군가에게는 이런 게 여유롭게만 보일 텐데 나는 왜 마음이 힘들까. 제자리로 돌아가고 싶다. 어젯밤에는 쉬이 잠들지 못해 남편과 영상통화를 했다. 화면으로 보이는 내 집, 내 침대, 내 베개, 고양이와 남편의 얼굴. 현재 하는 것, 곁에 있는 것, 나를 걱정해 주는 사람들. 그곳에는 친구들과 함께 쓰는 작업실이 있고, 해야 할 작업이 있고, 마감해야 할 일이 있고, 다시 운동을 시작하고, 돌아갈 곳이 있다. 전에도 종종 견딜 수 없었다. 내 피부 같은 불안과 우울이 만져진다. 나의 깊은 공허, 텅 빈 공허를 마주하며 살아간다.

여러 끈이 나를 지탱하지만, 이번 여행은 홀로 견뎌야 해서 힘든 것 같아. 꼭 홀로 우뚝 서야 할 필요는 없잖아. 기대어 살고 싶다. 강아지에 기대고 싶고, 남편에 기대고, 고양이에 기대고, 친구들에게 기대고, 집에 기대고, 다정함 안에서 살아가고 싶다. 그러려면 나 역시 내어주는 사람이 되어야 한다.

이곳에 와서 검은 바다를 본 순간, 바다 깊은 곳에 풍덩 빠져버린 것 같다. 어쩔 도리가 없이 힘을 빼고 끝없이 가라앉는다. 발이 땅에 닿지 않아 덜컥 겁이 난다. 어릴 때부터 이야기 속에 나오는 바람에 날아가 버리는 집의 이미지가 무서웠다. 내 그림에 반복되는 집의 이미지는 뿌리 내리고 싶은 마음에서 비롯된다.

그림으로 가능할까. 나는 나아질까. 누군가가 나를 폭 안아주면 좋겠다. 나를 일으켜 세우고 불을 밝혀주고 싶다. 이쪽으로 오면 된다고 내 손을 끌어주면 좋겠다.

내가 행복했으면 좋겠다.

# 그려내기

어떤 대상이든 질리게 그려서 벗어나고 싶다.

드로잉,
드로잉


     구상했던 이미지가 구체성을 띠기 전까지 묵혀두는 시간이
필요하다. 그러나 드로잉의 경우 손으로 그려보는 것이 우선이다. 손의
감각으로 되새김해 보고, 그려진 그림을 통해 의미를 길러낸다. 말과
생각 이전에 몸의 움직임이라고 할 수 있는 드로잉으로 의식하지 못한
본질에 닿고 싶다.

나에게
그림은

가볍고,

낙서 같고,

아름답고 진심인 것.

# 단단한
# 가벼움

그림이든 도자기든 가벼운 느낌이면 좋겠다. 훌훌 가벼운데 단단히 제자리를 지키는 것들을 만들고 싶다.

# 드로잉의
## 순간

작업의 시작은 드로잉. 고양이가 콧등으로 작은 공을 이리저리 굴리듯, 당장 그리고 싶은 것을 살금살금 그려본다. 단순한 선으로만 그려진 그림이 되기도 하고, 형체를 알아보기 힘든 색 면의 덩어리가 되기도 한다. 그런 것에 구애받지 않고 되는대로 그리다가 사소한 순간이 찾아오면 페인팅을 시작한다. '사소한 순간'이란 기분일 수도, 그림의 힌트일 수도 있다. 드로잉은 내게 놀이이고 안내자이며, 마음의 탐색 과정이기도 하다. 팽글팽글 나선형을 그리며 반복되는 이야기들 속에서 조금씩 나아간다.

# 단어를
# 고르기

그림을 그리다가 흙 작업을 하다가 페인팅을 하려고 붓을 든다. 하루에도 이것저것 하는 것이, 적확한 문장을 쓰려고 단어를 고르는 일처럼 느껴진다.

# 그릇을
# 만드는 사람

나는 밤의 숲속에 있어. 숲은 고요하다. 작은 집에는 나무 타는 냄새와 빵과 위스키 향이 흐른다. 따뜻하고 털로 덮인 다정한 동물 친구들이 있다.

멀리서 찾아온 이들에게 흙으로 오목하게 빚은 그릇에 음식을 담아 나누어 준다. 온 마음을 다해 대접한다.

나의
일부

      요즘은 전시를 위주로 활동하니까 원화를 판매하는 게 당연한 일이 되었다. 그림이 너무 많고, 작업실이 좁아 보관이 어려우니, 그림을 아끼는 누군가 매일 보면 더 좋을 것이다. 그렇지만 마냥 좋지만은 않다. 어느 날은 머뭇거리게 되고, 팔리지 않으면 그만이라고 생각한다. 의뢰받아 그림을 그리던 일러스트레이터로 활동할 때는 전혀 알지 못했던 느낌이다.

이제는 그림이 일 이상의 것이 되었다. 조금이라도 내가 들어가지 않으면 안 되니까 나의 일부를 내어주는 것만 같다.

# 먼 곳의
# 사람

　　부서지는 여름만큼 젊고 화창한 나이의 소년이 태양 아래 인상을 찌푸리고 몸을 웅크린 채 먼 곳을 응시한다. 아름다운 순간에 돌연 쓸쓸한 기분이 드는 건 모든 것이 필멸한다는 사실 때문일 것이다. 스치기만 해도 잔상이 오래 남는 이미지가 있다. 몇 해 전 여름 해변의 소년도 그중 하나라서 내 그림에 종종 등장한다. 오늘은 그 소년을 작은 도자기 오브제로 만들고 돌아왔다. 눈은 풍경에 둔 채 마음은 먼 곳에 있는 듯 홀로 선 사람.

실현할 수 없는 것에 닿고 싶은 마음. 그런 것이 그림이 되고 도자기가 된다.

그림과
나 사이

    내 그림에는 자주 원경의 작은 사람이 등장한다. 풍경 속에 파묻혀 얼굴이 흐릿한 멀뚱한 사람들. 사이의 공백들이 이야기를 만들어낸다.

전시가
끝난 후

전시는 끝나고 나서야 비로소 완성되는 것 같다. 〈그림이 된 순간(2023)〉은 늦봄에 떠났던 강원도 고성에서 그린 그림들로 채운 전시였다. 그해 가을에 전시하고 난 후, 고성에서의 마음이 정리되었다. 전시가 끝나고 그림을 전달받은 분들의 소식을 종종 전해 듣는다. 나의 그림이 낯선 장소에 자리 잡은 사진을 받을 때면 뭉클하다. 새로운 이야기의 시작이 될 그림에게 그제야 속으로 작별 인사를 하며 안녕을 빈다.

사소한
그림

하루의 사소함, 가벼움, 작은 발걸음을 그리고 싶다. 오랜 시간 그늘지고 어두운 면을 바라보며 살았다. 그래서인지 지금의 밝은 면면을 자꾸 놓친다. 구부러져야만 좋은 작업을 하는 것은 아닐 것이다. 무엇보다, 자유롭게 그리고 싶다. 대단하지 않은 걸 그리자.

## 4부

나만의 글러브를 끼고 매일매일

# 운치 있는
## 하루

     세 명의 친구와 함께 쓰는 작업실은 얻기도 전부터 '운치'로 이름 지었다. 비록 주머니가 가볍고, 창작 작업만으로 생활이 펴지지 않아도 운치만은 포기할 수 없다는 이야기를 나누다 지어진 고운 이름이다. 그래서 작업실을 보러 다닐 때 우선으로 둔 것은 당연히 '운치'의 유무였다.

임대료에 비해 넓은 평수가 매력적이던 곳은 창을 열면 면벽수행이라도 해야 할 듯이 벽밖에 보이지 않아 탈락했고, 언덕 꼭대기의 오래된 집은 전망이 좋았지만 차가 올라가지 못해 포기해야 했다. 사무실을 나누어 쓰는 공간은 주인 할아버지가 주민회의 때는 자리를 비켜달라고 하셔서 발길을 돌렸다. 그렇게 몇 번의 시도를 거듭한 끝에, 세 면의 벽이 유리로 된 작은 사무실을 첫 작업실로 얻게 되었다.

유리 벽 너머로 눈이 내리면 근사했지만, 춥고 더웠다. 그마저도 외부에서 훤히 들여다보이는 게 싫어서 종국엔 커튼을 치고 지냈다. 수납 공간이 부족해 작업을 늘리기가 어려웠고, 결국 친구들과 두 번째 '운치'를 찾아 이사하게 되었다.

지금의 작업실은 재개발 지역에 인접한 다세대 주택의 2층으로, 체리색 몰딩을 두른 구옥이다. 연희동 끝자락의 홍제천을 마주하고 있어 창을 열면 어딘가 예스러운 풍경이 펼쳐진다. 천변을 따라 걷는 사람들과 줄지어 선 키 큰 나무들의 흔들림, 낡은 내부 순환로가 한눈에 들어온다. 느린 풍경의 움직임을 눈으로 좇는 게 좋아서 창을 열어둔다. 나무 벤치에 누워 오수를 즐기는 사람을 바라보다 그것은 푸른 풍경의 그림이 된다. 열어둔 창을 통해 아래층 양갱 공장의 팥 삶는 냄새가 은은히 번져 온다.

주거 공간으로 사용했던 공간을 작업실로 쓰다 보니 주방에서 음식을 해 먹고 보일러를 틀어 따끈한 방에 누워 쉰다. 그러나 화장실에는 생활용품보다 붓과 물통이 많고, 거실 중앙에는 6인용 공용 테이블이 자리한다. 칸마다 주인이 다른 책장은 각자의 취향을 드러내고, 방마다 다른 리듬으로 작업을 이어간다.

나는 낯선 이와 쉽게 가까워지지 못한다. 그래서 처음에는 직사각형 작은 내 방과 서먹해하다 못내 집으로 돌아가고는 했다. 덩그러니 책상 하나만 놓여 어색한 공기가 흐르던 나와 방 사이는 이제는 가득 차다 못해 넘친다. 오른편에 홍제천이 내다보이는 창을 두고 벽을 등지고 앉은 책상에는 물통과 먹, 종이와 다양한 크기의 붓이 쪼르륵 줄지어 있다. 반대편 벽에는 물감이 말라가는 오일 페인팅 그림이 걸려 있고, 드로잉을 모아둔 서랍장 위에는 한 잔씩 마시고 닫아둔 위스키 병이 모여 있다. 선반에는 도자기 작품들이 차곡차곡 자리 잡았다. 책상에 앉으면 지금 그리는 그림과, 벽에 걸린 캔버스와 도자기가 한눈에 들어온다.

숲속 가운데, 텅 빈 방에 작은 초 하나만 켜고 그림을 그리고 싶다는 생각은 바람에 그칠 뿐이다. 그릴 그림과 그린 그림들로 방은 더 좁아져 간다. 그만큼 나의 세계가 넓어지는 것이리라 위안 삼는다.

이전에도 작업실을 여럿이 사용한 적이 있지만, 혼자인 게 익숙하고 편해서 교류 없이 작업 공간만 나누어 쓸 뿐이었다. 그러니 그림 그리고 책을 만들고 시를 쓰는 운치 친구들은 내게는 첫 작업실 동료나 마찬가지다. 우리는 공용 테이블에 모여 책을 읽고 음식을 나누며, 서로의 안녕을 빌어준다. 한 달에 한 번은 시인 친구의 글쓰기 교실이 열린다. 어쩌다 보니 우리 모두 생일이 2월이어서 함께 축하한다. 작업을 하다 보면 시선이 안으로만 향하는 게 당연한 일이겠으나, 한편 쓸모없는 고집이 되어버리기도 한다. 작은방에 앉아 견딜 수 없이 막막할 때, 방문을 열어젖히고 나가 잠시 시선을 밖으로 돌릴 틈을 만든다. 작업실에 혼자 남은 날엔 각자의 작업을 이어가는 친구들의 공간을 빙 둘러보며 틀어지는 마음을 바로 세운다.

우리의 공용 테이블은 유형, 무형의 것들을 나누는 다정한 자리다. 나도 언젠가는 생각만 하던 드로잉 모임을 열어보고 싶다. 오붓이 둘러앉아 웃고 떠들다 자신의 세계로 흩어지는 풍경이 오래도록 좋다. 이렇게 기대어 함께한 지 벌써 다섯 해다. 짐이 늘어난 만큼 더 넓은 공간을 꿈꾸기도 하지만, 불평하기보다 지금이라야 할 수 있는 걸 해보자고 결론 내린다.

책상 앞에 앉으면 언제든 손을 뻗어 그림을 그릴 수 있다. 그러나 자리에 앉아 햇빛에 반짝이는 유리병이나 마른 물감이 뒤섞인 팔레트의 얼룩을 가만 보느라 시간을 쏟는 날도 있다. 오늘은 작업실에서 친구들과 영화를 보다가 슈톨렌을 썰어 먹고 메밀차를 마셨다. 전시가 끝나 돌아온 작품들을, 빈틈을 찾아 포개어 놓았다. 영화는 기대와 달리 지루했지만, 어쩌면 멀리서 보면 나의 하루도 비슷하고 하릴없이 지루할 뿐이겠지. 그리지 않는 무용해 보이는 날에도 사라지고 채워지는 감정들이 내가 할 수 있는 작업의 토대가 될 것이다.

가진 것이 운치뿐이라 해도, 늘 바라던 작고 충실한 삶의 하루는 이미 이곳에 있다.

# 멀쩡해.
## 할 수 있어

복싱을 시작했다. 제대로 경기를 본 적조차 없는, 내게는 무관심한 운동이었다. 그런데 알고 지내는 회화 작가님이 "복싱을 하면 전완근이 발달해서 작업하는 사람에게 안성맞춤인 운동"이라고 해서 귀가 솔깃해졌다. 해오던 필라테스가 지루해진 참에 덜컥 동네 복싱클럽에 등록했다.

복싱클럽에 가면 먼저 굵은 붓글씨체로 "여복서"라고 적힌 탈의실에 들어가 운동복으로 갈아입는다. 스트레칭하고 3분 간격으로 세 세트씩 줄넘기를 한다. 거의 30년 만에 잡아 본 줄넘기는 몸을 바닥에 붙여놓은 듯 무겁기만 하다. 그것만으로도 기진맥진인데, 줄넘기가 끝나야

본격적인 운동이 시작된다. 핸드 랩을 감고 코치님의 지시에 맞춰 발을 앞뒤로 콩콩, 스텝을 뛰면서 쉐도우 복싱을 한다. 허우적거리는 모습을 외면하고 싶어도 전신거울에 비친 나와의 싸움을 참아야 한다. 그것도 3분씩 세 세트가 끝나면 글러브를 끼고 미트 트레이닝을 한다. 미트를 쥔 코치님과 1:1로 펀치를 치는 연습이다. 원투 훅훅 위빙 훅훅 더킹 바디 어퍼 쏙 빡-을 숨 가쁘게 팡팡 치다 보면 금세 다리가 풀리고 땀이 송골송골 맺힌다. 마지막엔 샌드백을 혼자 두드리며 오늘 배운 것을 복기하고 근력 운동으로 마무리한다.

복싱클럽에는 3분에 한 번씩 1분 휴식을 알리는 벨이 울린다. 자신의 진도와 속도대로 운동하다가 땡 하고 벨이 울리면 일순 모두 움직임을 멈춘다. 처음엔 그런 광경이 생경해서 조용한 가운데 눈치 없이 혼자 샌드백을 치기도 했다. 이제는 반사적으로 벨 소리에 몸을 움직인다. 되도록 규칙적으로 작업하려고 하지만 잘 지켜지지 않는다. 대문자 P 즉흥형 인간인 나는 매일 모래성 쌓듯이 일과표를 짠다. 하루 만에 허물어지는 모래성은 다시 쌓으면 그만이라 여겨야 스트레스를 덜 받는다. 그런 내게 3분 단위로 몸을 움직이는 건, 최소 단위의 규칙을 던져

주는 것 같다.

3분 동안 할 수 있는 일이란 무엇일까? 물 한 잔 마시기, 우편함 확인하기, 노래 한 곡 듣기, 어떤 그림은 3분 만에도 그려진다. 휘릭 그린 그림이 썩 마음에 들기도 한다. 묘사보다는 핵심을, 무심한 듯 흘려보내는 선에 마음을 담는다. 그리는 시간보다 그런 상태를 만드는 것에 시간을 쏟는다. 지금은 글러브를 끼는 것조차 어설프지만, 3분의 순간을 하나씩 쌓아간다.

클럽에 다니며 자연스레 복싱에도 관심이 생겨 넷플릭스를 뒤적이다, 평소 같으면 보지 않았을 영화 〈백 엔의 사랑〉을 보게 되었다. 줄거리는 단순하다. 우리나라와 별반 다르지 않은 N포 세대의 이치코가 복싱을 하며 달라지는 이야기다. 서른두 살의 히키코모리였던 이치코가 영화의 막바지에 프로 테스트 경기에 오른다. 그러나 흔한 스포츠 영화의 결말과 다르게 상대 선수에게 실컷 얻어맞고 3라운드에 경기에 패하고 만다. 잔뜩 멍든 얼굴로 경기장을 나오다가 떠나간 남자 카노유지를 마주하고 엉엉 울며 외친다. "딱 한 번이라도 이기고 싶었다."

비록 경기에 지고 현실은 달라지지 않았지만, 계속하고 싶은 마음, 이기고 싶은 마음을 지니게 된 이치코는 이전과 다른 삶을 꾸려나갈 것이다. 숨만 쉬던 무감각한 사람에서 감각하는 사람으로. 예전 같으면 영화의 서사에만 몰두했을 텐데, 이제는 이치코가 주특기 레프트훅을 할 때 어떻게 자세를 취하는지 눈여겨 봤다. 영화를 본 뒤에는 레프트훅만큼 엉망이 된 얼굴로 경기 중에 외치던 이치코의 "멀쩡해. 할 수 있어"가 맴돌았다.

종일 작업을 하고도 마음에 들지 않을 때는 허송세월하는 것 같아 마음이 구겨진 종잇장처럼 된다. 망망대해에 정처 없이 떠도는 조각배가 된다. 그럴 때 운동이 삶이라는 바다에, 하루라는 지점에 닻을 내려준다. 작업도 결국은 나의 몸으로 하는 일이니 골고루 근육을 쓰고 땀을 흘리는 단순함에 기대게 된다. 수없이 많은 3분이 삶을 지탱한다.

복싱을 하는 건 싸움을 잘하기 위해서도, 강해지기 위해서도 아니다. 스파링은 고사하고 한 시간 겨우 운동하고 집으로 돌아온다. 샤워하고 머리를 말리고 나서야 드디어 침대에 케이오(KO)된다. 구겨진 마음이 판판해지도록 가만히 누워 링 위의 이치코처럼 외쳐본다.

'멀쩡해. 할 수 있어.'

# 여름의
# 의식

　　초등학교 하굣길, 학교 화단에서 빨간 봉선화 꽃잎을 따다가 사촌 언니와 손톱에 꽃물을 들이곤 했다. 깨끗이 씻은 돌로 꽃잎을 찧어 백반을 조물조물 섞어, 조금씩 떼어다 손톱 위에 동그랗게 올린다. 손가락마다 비닐을 씌우고 실로 돌돌 감아 묶은 채, 선풍기 앞에 나란히 누워 축축한 손가락에서 풍겨오는 풀 냄새를 맡으며 잠이 들었다. 무더위가 오기 전, 먼저 달라진 풀 내음이 훅 끼쳐오며 여름을 알려온다. 그럴 때면 어린 시절 잠결에 스며들던 초록의 향이 떠오른다. 이제 손톱에 봉숭아 물은 들이지 않지만, 여전히 나만의 여름 의식을 치른다.

먼저 유리잔에 가득 넣은 얼음을 부딪쳐 달그락거리는 소리로 무더위의 고요를 깨뜨린다. 송골송골 맺힌 물방울이 번지는 잔을 손에 쥔 채, 제목에 "여름"이 들어가는 책을 펼친다. 실패하기도 하지만, 어느 여름에 읽었던 하성란 작가의 『여름의 맛』 덕분에 복숭아의 달콤하고 끈적한 맛이 지금도 입안에 감돈다. 여름에 관한 책이 계속 나오는 걸 보면, 여름에만 글을 쓰는 사람도 있을 것이다.

일 년 중 여름에 그림을 가장 많이 그린다. 겨울에는 돌멩이를 삼킨 새처럼 눈을 꼭 감고 잠에 빠져 보낸다. 최소한의 사람을 만나고 적게 말하고 안으로 숨어든다. 형광등을 부시도록 환하게 켠 듯이 또렷한 여름에는 잠자던 감각도 깨어난다. 살갗을 파고드는 작열감, 순식간에 엉망이 되어버리는 수풀의 냄새, 들뜬 사람들의 소요. 여름의 흐름을 그리고 싶다. 마음의 그늘진 구석까지 볕을 들이고, 가라앉은 먼지를 훌훌 걷어내면 나는 조금 더 밝은 사람이 된다. 그동안 만들었던 독립 출판 서적 『초록의 질감』, 『제주 일기』, 『아침의 강아지』, 『그림이 된 순간』 대부분 여름이 담긴 그림을 엮었다. 순간의 감각을 그림으로 붙잡고 싶은 바람이 여름이라는 계절과 맞닿아 있다.

초록의 생글생글함을 가지고 싶다. 시시각각 사라지는 순간들을 종이

위에 그려 넣어 누군가의 손에, 주머니에 꼬옥 접어서 넣어주고 싶다.

# 집의 요정
## 월양이

 

걱정 하나 없이 월양이가 창가에 몸을 늘어뜨리면 내 마음도 찹쌀떡같이 하얗고 말랑해진다. 고양이는 아침 햇살에 내려앉은 먼지와 포근한 니트의 털실 한 뭉치, 여름의 반짝이는 모래 한 줌, 밤의 다정함이 뭉쳐져 만들어진 것 같다. 월양이는 요즘에서야 내 배 위에 올라오는 버릇이 생겼다. 몸을 동그랗게 웅크리고 골골거리는 게 예뻐서 무거워도 꾹 참는다. 낮게 뜬 눈으로 내게 말을 건다. 너를 아낀다고. 그 눈빛 때문에 나는 고양이 알레르기가 심한데도 월양이와 함께 산다. 누군가 알레르기가 있는데 고양이를 키운다면 뜯어말릴 텐데, 나는 그 눈빛에 함빡 빠졌으니, 도리가 없다.

나의 사랑에는 대가가 필요하다. 매일 호흡기를 삼키고, 코에 스프레이를 뿌리고, 알레르기 약을 챙겨 먹는다. 한 달에 한 번은 병원에 들러 면역 주사를 맞고, 검사를 받는 게 여간 번거로운 일이 아니다.

고양이는 독립적이라고 하던데 월양이가 유독 애정을 갈구하는 건지 잠들어 있는 시간을 빼면 동그란 연둣빛 눈이 나만을 쫓는다. 틈만 나면 내 손에 얼굴을 비비고 작은 앞발로 내 손을 끌어다 만지라고 성화다. 월양이를 쓰다듬은 손으로 깜빡하고 건조증에 시달리는 눈을 비빈다. 내 눈은 금세 안구까지 부풀어 올라 적당히 봐주기 힘들 정도가 된다. 월양이의 말랑하고 동글동글한 손에 숨긴 뾰족한 손톱을 깎으려 잠시 안았다가 놓아도 두 팔은 빨갛게 발진이 난다. 그러나 풍선처럼 부푼 몸과 동그란 얼굴, 두 개의 삼각형이 뾰족 나온 귀를 보면 눈물, 콧물 흘리며 기침하다가도 빙그레 미소가 지어진다. 입을 꼭 닫은 고양이는 말이 없지만, 발 도장을 꾹꾹 찍으며, 몸을 기대오면서, 까슬한 혀로 핥으며 너를 무척 사랑한다고 얘기한다. 고양이는 고양이를 키우는 집사의 마음을 알까. 아이스크림처럼 동그랗게 한 스푼 떠서 데리고 다니고 싶지만, 고양이는 집의 요정이니까 나 혼자 아껴 봐야지.

월양이는 아마 나의 처음이자 마지막 고양이다. 고양이를 키울 생각이 없었는데, 제주에 살 적에 마당에 찾아온 작고 꼬질꼬질한 아기 고양이가 뚱뚱한 고양이가 되도록 밥을 주다가 폭 정이 들어버렸다. 키울 생각이 없으니, 손도 대지 않고 멀찍이 사료만 챙겨줬는데 월양이의 생각은 달랐는지 늘어가는 체중만큼 애교도 늘어서 걷는 발치마다 벌러덩 누워 하얀 배를 보여주었다. 이름을 지어주면 끝이라던데, 한림읍 월령리에서 만나서 "월양이"라고 이름 붙여주었다.

노릇노릇 잘 구워진 식빵같이 노란 고양이는 문 앞에 턱을 괴고 앉아 우리가 함께 살게 될 미래를 훤히 내다봤는지도 모르겠다. 그러나 한 치 앞을 모르는 인간은 시골에서 자유롭게 살던 고양이니 밖에서 사는 게 더 행복할 거란 생각으로 제주 생활을 정리하고 서울로 떠났다. 머지않아 제주에 남아 대신 밥을 챙겨주던 엄마가 월양이를 잃어버리는 일이 발생했다. 속상한 마음에 부랴부랴 제주로 내려가 전단을 붙이고 읍내 구석구석을 찾아다녔다. 잃어버린 지 열흘째 되던 날, 결국 서울로 돌아가야 했다. 마지막으로 골목을 한 바퀴 돌며 이름을 불러보았다. 대답이 없을 거라 여겨 마음을 접었는데, 아주 멀리서 희미하게 고양이 우는 소리가 들려왔다. 귀를 기울이자, 바람결에 흩어지듯 다시 한번, 분명히 월양이의 소리였다. 좁은 골목을 따라가니 빈집 지붕 틈에서 작은 고개가 불쑥 내밀어졌다. 처음 마주했을 때처럼 꾀죄죄한 몰골이었지만, 눈빛만은 또렷했다. '여기 있다'라는 듯 나를 똑바로 바라보았다. 그 순간, 알았다. 계획도, 다짐도 모두 무너지고, 남은 건 운명이라는 확신뿐이었다.

제주의 세찬 바람을 피해 나무 위에서 자고 아침이면 문 앞에 생쥐를 잡아다 놓던 시골 고양이는 걱정과 달리 서울 아파트 생활에 단박에 적응해서 보란 듯이 잘 산다. 폭신한 침대 한가운데를 차지하고 새가 나오는 유튜브 시청을 즐긴다. 월양이와 같이 살면서 나는 고양이를 그리기 시작했다. 이전에는 몰랐던 고양이의 미묘한 표정과 엉뚱함을 알아보는 눈이 생겼다. 고양이 그림이 많이 쌓여서 1년 내내 고양이와 함께할 수 있는 달력으로도 만들었다. 내가 좋아하는 것을 사람들도 좋아해 줄 때 참 기쁘다. 말랑말랑한 촉감과 고롱고롱한 울음소리, 낮 동안의 햇볕을 머금은 듯한 따스함이 그림으로 전달된다면 좋겠다.

여전히 굳은 손을 풀 때나 그림의 시작이 막막할 때면 고양이를 그린다. 동그란 머리와 휘어진 등, 말려 있는 꼬리의 곡선을 그리며 월양이를 떠올리면 각졌던 마음 어딘가가 둥그레진다. 외출할 때면 혹 마주칠지 모를 길고양이를 떠올리며 주머니에 고양이 간식을 챙겨 넣는다. 누군가를 사랑하는 것은 나의 범위를 넓혀가는 일임을 무구한 동물들을 통해 배운다.

그늘

　　부랴부랴 아침을 챙기고 늦은 오후 작업실에 도착한다. 마음만 조급해서는 바로 그림에 들어가지 못한다.

첫 의식처럼 커피를 내린다. 유리 서버에 쪼르륵 떨어지는 소리에 집중한다. 텅 빈 공간이 커피 향으로 채워진다. 블루투스를 연결하고 음악을 튼다. 커피잔을 손에 쥐고 책상 앞으로 걸음을 옮긴다. 문뜩 떠오르는 단어 하나 '그늘'. 형체없는 감정, 작업의 기척 같은 것.

무탈한 날이어도, 그림이 마음에 들지 않으면 망친 하루가 된다. 오늘은 꼭 그려내야 한다. 작업이 잘 풀리지 않아도 자리를 지켜야 흐름이 만들어진다. 뒤엉킨 흐름 속에서도 실마리를 찾게 되니까. 그러니 도망치고 싶어도 그림 앞에 자리를 지킨다. 온통 신경이 곤두선다.

늦은 장마 뒤 찾아온 무더위로 가만히 있어도 목뒤로 땀이 주륵 흐른다. 종일 그림과 씨름하다 손 작가님의 전시 오프닝에 가기 위해 작업실을 나선다. 버스 깊숙한 자리에 앉아 이어폰을 귀에 꽂고, 음악을 튼다. 혼자 있는 시간이 길어질수록 생활 소음이 버거워, 노이즈 캔슬링 이어폰 없이는 나서지 못한다.

작가에게 개인전 오프닝은 어떤 날일까. 나는 주목받는 상황이 되면 잔뜩 긴장한다. 시간이 지날수록 목소리는 안쓰럽게 떨리고, 얼굴은 더욱 붉어진다. 그런 날은 집에 돌아와 앓아버린다. 그럼에도 전시 오프닝만큼은 감내하게 된다. 그간 홀로 쌓아 올린 시간을 작품으로 내보이는 첫 순간이니까.

매일 방향을 알 수 없는 짙은 안개 속을 걷는다. 가끔은 스스로에 대한 의구심이 들 때도 있다. 하지만 전시는, 안개 속에 작은 깃발 하나를 꽂는 일이다. 그 깃발은 내가 걸어온 길의 증표이자, 다음 걸음을 위한 이정표가 된다. 그러니 되도록 개인전 오프닝에는 참석하려고 한다. 가까운 이들이 나의 깃발을 애워싸고 수고했다고, 잘하고 있다고 박수를 쳐

주는 상상을 한다. 그러니 외롭고 괴로운 시간도 기꺼이 여긴다. 작업을 하는 일상이란, 어떤 의미에서 '그늘진 시간'이라 할 수 있다.

차창으로 들어오는 강한 햇살에 눈을 찡그린다. 너무 밝으면 오히려 보이지 않는다. 그늘진 곳이래야 내 앞에 펼쳐진 풍경이 선명해진다. 환한 날 뒤에 감춰진 평범한 일상에 꾸준히 작업을 이어나간다. 그러다 안개 속 어딘가, 나만의 길이 또렷히 보일 테니까.

음악은 느릿하게 흐르고, 곤두섰던 신경이 조금 느슨해진다. 문득 휴대폰을 꺼내 제목을 확인한다. hikari. 나는 '그늘'을 떠올리며 듣고 있었는데, 빛이라니. 그러고 보니, 빛이 있어야 그늘도 있다는 사실을 떠올린다.

해 질 녘 천변으로 산책을 나선다. 형체가 어둠 속에 지워지고, 모든 것이 뭉뚱그려지는 시간. 선명하지 않고, 흐리고 일렁인다. 작은 안정을 느낀다.

내 작업도, 그늘 속에서 일렁이는 작고 미약한 빛으로 누군가에게 닿기를 바라본다.

# 새하얀
# 종이 앞에서

맑고 투명한 물에서 건져 올린 조약돌 같은 이야기, 무결하게 반짝이기만 하는 이야기는 어쩐지 불편하다. 나의 세계는 그래본 적이 없으니, 누구나 묵묵히 외로움을 한 움큼 안고 산다고, 각자의 어려움이 있다고 이야기하는 쪽에서 위안을 얻는다. 남들과 다르다는 느낌, 무언가 결여되어 있다는 느낌이 오랜 시간 나를 따라다니며 괴롭혀왔기 때문이다.

한 달에 한 번, 심리 상담에 다녀온다. 가기 전에는 무슨 얘기를 꺼내야 하나 고민되는데, 상담 선생님과 마주하고 앉으면 나도 모르게 속이야기를 털어놓는다. 마음속에 뒤죽박죽 맴도는 묵은 찌꺼기 같은 것을 털어내는 시간이다. 어떤 기억은 고집스러운 털 뭉치처럼 꽁꽁 뭉쳐 도리가 없어 보이는데 말로 툭 내뱉는 순간 가벼워진다. 상담에 다녀오는 날은, 짧은 시간 하루의 에너지를 다 써버리는 것 같다. 이렇게 투명해져도 좋을 텐데.

상담받고 나와 옆에 있는 정형외과에서 어깨 치료를 받기 시작했다. 다섯 회가 넘어가도 어깨 통증이 가라앉지 않아 치료사에게 물었더니, 굳어진 몸이 바뀌려면 최소 6개월의 시간이 필요하다고 한다. 그러니 마음에도 시간이 필요하겠지. 만들던 레고를 부수고 새로 꿰맞추는 과정 앞에 있다고 생각하라는 상담 선생님의 말을 되새긴다. 깨끗한 돌멩이 같은 이야기는 여기 아닌 어딘가에서 이어질 테다.

외출하고 돌아온 날은 그림이 잘 그려지지 않는다. 그림은 깊은 바닷속으로 들어가는 것과 비슷해서 표면에만 머물면 작업에 들어갈 수 없다. 저녁 설거지를 마친 주방을 정리하고 식탁 앞에 앉아 하루만큼의 상념과 소란을 잠재우는 밤의 시간을 마주한다. 그릴 재료를 챙기다가 진이 빠져버리기도 하니까 간단한 재료만 챙긴다. 좋아하는 음악을 틀어 두거나 생활을 환기하는 향을 켜놓아도 좋다.

밤의 시간은 온전한 나의 시간. 차분히 앉아 그리고 싶은 것을 떠올리고 손이 가는 대로 그려나간다. 그려지는 선과 면에 집중하다 보면 새하얀 종이를 펼쳤을 때의 부담은 덜고 몸과 마음이 한결 가벼워진다. 그리는 것은 보고 느낀 것을 내 몸을 통해 나의 시선으로 재해석하는 과정이다. 그 속에서 고유한 것이 만들어진다. 세상을 면밀히 관찰하고 나의 시선을 인식하는 것은 결국은 나를 이해하는 일이고, 나답게 살기 위한 일이다. 손을 통해 나온 선은 제각각이어서 서툰 선도 그만의 매력이 있다. 그러니 잘 그리는 것보다 나의 선을 찾는 것이 중요하다.

하루가 점점이 쌓여 내 삶의 모양이 되듯, 오늘의 그림이 쌓여 나만의 선이 완성되어 간다. 망친 그림도 며칠 지나고 보면 색다르게 다가오기도 한다. 그러니 오늘 밤 그린 그림도 이대로 충분하다. 받아본 적 없는 사랑을 다른 누군가에게 줄 수 있을지 자신 없지만, 대신 상처와 미움을 건네지 않는 쪽을 선택한다. 불을 끄고 하루를 마감한다.

## 좋아하는 것들의
## 나열

산책, 한강, 저녁 식탁, 여름 그늘, 얼음 잔, 포옹, 뒷모습, 빌 에 반스, 밤의 얼굴, 그릇을 위한 드로잉, 멈춰선 사람, 병과 잔. 전시할 그림들을 정리하면서 달아놓은 제목을 보니 내가 좋아하는 것들의 나열 같다. 그림의 제목은 덤덤할수록 좋다. 보는 이가 제목을 바꾸어도 좋겠다.

나의 이야기는 그대로지만, 언제고 그림에 새로운 이야기가 덧씌워지길 바란다.

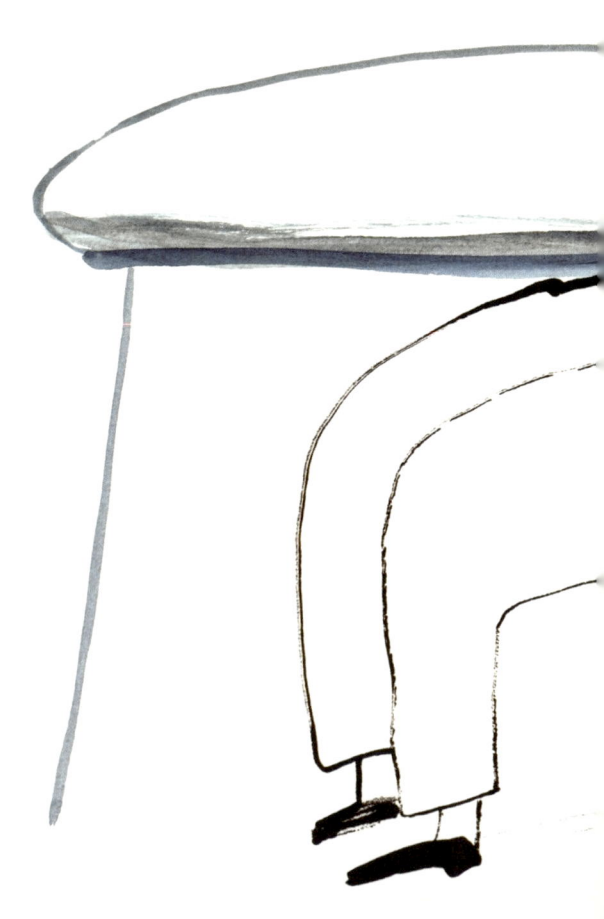

쌓기와
잃기


  작업 노트를 펼쳐보면 '쌓는다'라는 동사를 자주 쓴다. 작업을 쌓는다, 실력을 쌓아간다, 하루를 쌓는다.

무엇이든 쌓이는 동안, 그 반대편에서 상실도 조용히 쌓여간다. 나이를 먹으며 기억과 육체의 활력은 허물어지듯 사라진다. 쌓이며, 잃어간다. 그래서 삶이란, 지니게 되는 것과 잃게 되는 것의 총량이 비슷하게 유지되는 과정인지도 모른다. 어쩌면 모든 것을 잃게 될 순간을 향한 예행연습일 것이다.

최근 돌발성 난청이 찾아왔다. 왼쪽 귀에 소실된 소리만큼 이명이 들어찬다. 눈에 보이지 않는 소리를 대신해 매 순간 귀의 먹먹함과 고주파

음으로 상실감을 새긴다.

나는 물건을 잃어버리는 능력을 지녔다. 자동차 키, 신용카드, 펜, 립스틱, 안경, 반지, 양말 한 짝까지. 어느 날 지닌 것을 잃어버리면 아무렇지 않은 척 스스로를 속인다. 그렇지 않으면 부주의한 나 자신에게 머리끝까지 화가 난다. 옷더미를 뒤지다 절망감의 바닥을 본다. 그래서 대신, 무엇이든 한순간에 사라질 수 있다는 사실을 떠올리며 쉽게 체념해 버리고 재빨리 대체물로 메꾼다. 그렇게 저편 어딘가에 묻어두고 지내다, 운 좋게 잃어버렸던 물건을 다시 찾게 되면 그제야 기쁘다.

청력을 잃은 후, 나는 무엇으로 그 손실을 채워 넣었을까. 로봇청소기, 이북 리더기, 캣타워, 베란다 조명, 부직포 청소포, 행주, 괄사… 빈자리를 채우듯 많은 물건을 사들였다. 그것들을 쌓는다면 망한 테트리스처럼 삐뚤빼뚤하게 쌓이겠지만, 나의 청력과 삶에는 아무런 진전이 없다. 상실에서 비롯된 허전함을 달래느라, 나는 또 나를 속인다.

아무것도 쥐지 못한 손. 텅 빈 감각에 익숙하다. 내 삶에는 상실이 저물어가는 해처럼 서서히 찾아오지 않는다. 애초에 어두운 밤 어딘가에서 버티느라 애써 상실감을 외면해 왔다. 물건을 잃어버렸을 때의 눈속임처럼.

그림의 장수는 눈에 보이지만, 실력은 보이지 않는다. 보이지 않으니 '쌓는다'라는 말을 붙여준다. 많이 그린다고 해서 실력이 곧 쌓이는 것은 아니지만, 그래야만 불안감을 조금 덜어낼 수 있다. 지금은 병원에 다니느라, 의사의 권유로 두 달가량 작업에서 손을 놓았다. 대신 머릿속으로 그림을 그려보고 흙을 만져본다. 지금 떠올리는 그림으로 귀의 먹먹함과 마음의 허전함을 채울 수 있을까.

알맹이 없는 그림의 장수만 채우는 것 같은 일은 그만두자. 지나간 것을 채울 수 있는 것은 없다. 회복은 스스로를 속이고 등 돌리는 것에 있지 않고, 사라짐을 기꺼이 받아들일 때야 가능할 것이다. 잃지 않으려 애쓰기보다, 텅 비어 외면했던 곳을 향해 손을 내민다. 나의 결핍을 제대로 바라보는 일이 지금 할 수 있는 최선일지도 모르겠다.

다시 그림을 그릴 날이 오면, 그 그림 속에는 이전보다 더 많은 여백에서 출발하고 싶다. 비어 있는 곳에서야 비로소 보이는 것들이 있다. 텅 빈 부분을 끌어안고, 그 상태를 그리는 일. 진심을 다해 보여주는 것이 내가 할 수 있는 애도의 방식이다. 상실은 끝이 아니라, 또 다른 형태의 쌓임일 것이다.

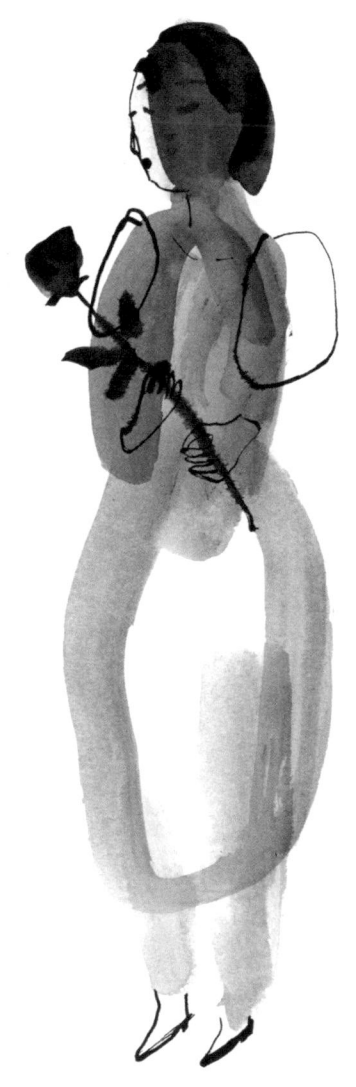

# 마음이 틀어질 때에도

누군가에게 내 이야기를 이만큼 털어놓은 적이 있었을까. 기억나지 않는다. 그림 뒤에 꽁꽁 숨고 싶다가도, 다정한 이에게 이해받기를 원해 말을 쏟아내고 싶어진다. 그런 바람으로 이 책은 시작되었을 것이다.

프롤로그를 쓰던 때와 지금 사이에 변화가 있었다. 책을 마무리하는 일이 한 시절을 정리하고 이삿짐을 싸는 기분이라고 썼는데, 정말로 이삿짐을 싸고 있다.

친구들과 함께 쓰던 작업실 '운치'는 문을 닫고, 우리는 각자의 길로 조금 더 멀리 나아가기 위해 독립된 공간을 꾸민다. 혼자 작업실을 쓸 생각을 하면 벌써 허전하지만, 마음이 틀어질 때마다 버팀목이 되었던 가족과 친구들, 그리고 자신을 믿기로 했다.

언제든 예상치 못한 슬픔이 문득 찾아올 것이다. 하지만 외면하고 도망치기보다, 그늘 한편에 서서 주변을 둘러본다. 슬픔은 견디는 것이 아니라, 함께 머무는 것임을 이제는 안다. 그리고 조금 더 씩씩해지는 여름이니까- 나는 괜찮을 것이다.

용기를 낼 수 있도록 오래 기다려준 느린서재와 이 책을 펼쳐 이야기를 들어준 다정한 당신께 감사의 인사를 전합니다.